美肛リゾート 後ろでイカセて

阿久根道人
Douto Akune

紅文庫

目次

装幀　遠藤智子

美肛リゾート　後ろでイカせて

プロローグ　セレブ夫人たちと別れの媚肉三昧

「はううううんっ！　岡崎《おかざき》くんの大きなオチ×チン、明日から食べられなくなんて……悲しくて辛いわっ！」

「ぼ、僕だって、多佳子《たかこ》さんの熟れきったオマ×コや尻穴を味わえなくなるのは寂しいです」

この日の午前中、横浜に桜の開花宣言をもたらした陽光が降り注ぐマンションのリビングルーム。フローリングの床に敷かれた直径三メートルほどの大きさの緋色《ひいろ》の絨毯《じゅうたん》の上で、たわわな胸と盛り上がりの見事な尻、ムッチリとした太ももを持つ美しい全裸の熟女が、やはり全裸で仰向《あおむ》けに寝た僕の腰に跨《また》がり、ベリーダンスの踊り子もかなわないような激しさで腰を前後左右に振り回す。年上の女はあまりの快感に眉《まゆ》を八の字に歪《ゆが》め、Oの字に開いた口から甘い喘《あえ》ぎ声を漏らす。

女の膣口は深々と挿入された肉茎の根元を厳しく締めつけ、魚卵のようなツブツブがビッシリと貼りついた膣粘膜が、パンパンに膨らんだ僕の亀頭を絞り上げる。名器中の名器と言っていい高性能の生殖器官が、キバを剥《む》いて襲いかかっている。並みの男ならとうに果てていてもおかしくないだろうが、快楽に貪欲《どんよく》な四人の美熟女の膣穴や肛門を相手にしてきた勃起《ぼっき》ペニスは、女が送り込んでくる快感に辛うじて耐えている。

ここは、横浜市郊外の高級マンション「パークサイドあざみが丘」の最上階に一戸だけある通称ペントハウス。女はこの部屋の住人で、四十歳になったばかりの人妻にして高校生の一児の母、黒木《くろき》多佳子さん。僕は今日まではこのマンションの管理人で、マンションやビルの建設・管理会社「高木《たかぎ》不動産」の大卒入社一年目がもうすぐ終わろうとしている岡崎慎太郎《しんたろう》だ。

「お、岡崎くん、オマ×コの後は……お尻の穴にもお願いね」

「わ、分かりました、多佳子さん」

途端に、周囲から非難する声が一斉に上がった。

「駄目《だめ》よ、岡崎くん。多佳子さんばかり可愛がるなんてっ！」

「ズルいわ、二人ともっ！」

「今日は、一人ひとイキっていう約束よっ！」

声の主はいずれも同じマンションに住むアラサーからアラフィフの人妻たちで、若い順にヨガインストラクターの麻生早苗《あそうさなえ》さん、茶道家元《いえもと》出身の富田千鶴子《とみたちずこ》さん、マンション管理組合理事長の橋本郁世《はしもといくよ》さんの三人だ。三人とも全裸で多佳子さんと僕を取り囲み、僕に組み伏せられるか、今の多佳子さんのように僕の腰にまたがる順番を待っているのだ。

淡いベージュ色のフローリング、その上に敷かれた緋色の絨毯、熟女たち艶《つや》のある黒髪と白い肌のコントラストが見事だ。絨毯の傍らには、きちんと折りたたまれたフカフカのバスタオルが何枚も積み上げられている。

三月の最終土曜日の昼下り、半ドン勤務を終えた僕が、ほかの三人の人妻とともに多佳子さんの自宅に集まったのは、僕が四月から本社勤務とになったため、その栄転を祝う送別会という名目だ。

およそ半年前、女優と見紛う美貌《びぼう》と、張り出しも肉づきも見事な腰を持つ多佳子さんは、ＩＴ企業経営者の夫に相手にしてもらえない欲求不満から、本番以外ならば何でもアリという風俗店で秘密のアルバイトをしていた。

熟女フェチで尻フェチの僕は、常日ごろ、多佳子さんを最上位のオナペットにしていた。週刊誌の風俗情報欄でたまたま多佳子さんのアルバイトを知った僕は、矢も盾もたまらず店に予約を入れ、憧れのセレブな人妻熟女のフェラチオ、手コキ、足コキ、素股を心ゆくまで堪能した。

その翌日、自宅のバスルームでディルドオナニーをしていて膣痙攣《けいれん》を起こした多佳子さんを助けたことで、多佳子さんとアナルセックスを初体験した。それ以来、多佳子さんは僕の人並み外れた特大ペニスと絶倫精力を気に入ってくれ、平日の昼下がりに多佳子さんのペントハウスに忍んでいっては、多佳子さんの膣穴ばかりか肛門の窄《すぼ》まりまで楽しむ仲となった。

そして、美熟女との普通のセックスばかりでなくアナルセックスに開眼《かいがん》した僕は、巨根と絶倫の精力にモノを言わせ、同じマンションに住むほかの三人の美熟妻たちとも肛門性交を含むセックスフレンドとなったのだった。

多佳子さんにはいくら感謝してもしきれない。多佳子さんは素晴らしい肉体とテクニックで僕を喜ばせてくれただけでなく、多佳子さんにいろいろと鍛《きた》えてもらったおかげで、本社の美人キャリアウーマンのセックス試験に合格し、マンションの管理人から本社への異動も実現したのだ。

多佳子さんは僕にとって〝福マン〟の持ち主だ。だから、多佳子さんの望みなら、何だって叶《かな》えてあげたくなるのだ。

「ち、千鶴子さんなのね？　私のお尻の穴に指を遣《つか》っているのは！」

実際に、大きく開いた僕の脚の間に正座し、勃起ペニスをくわえ込んだ多佳子さんの膣穴からあふれ出る蜜液を指先ですくっては、色素沈着が進んで黒ずんでいる肛門の窄まりに塗りつけているのは千鶴子さんだった。千鶴子さんは多佳子さんの激しい腰の動きにも楽に追随し、茶道で茶筅《ちゃせん》を扱うような優美な手さばきで肛門の窄まりを責めている。

多佳子さんにそれが分かったのは、一番若い早苗さんが多佳子さんの右側から無毛の下腹に両手を挿《さ》し入れて根まで剥き出したクリトリスを嬲《なぶ》り、一番年上の郁世さんが多佳子さんの左側から両の乳房をむんずとつかみ、大きさも色も大粒のブルーベリーのような乳首を交互についばみ、口唇愛撫を行っているからだ。

三人は一致協力して一刻も早く多佳子さんをイカせ、僕の腰から引きずり下ろそうとしているのだ。

「み、みんなで……私をイカせようとしてるのね？　ゆっくりと別れを惜しみたいのに……そんなことされたら、もう……た、耐えられないわっ！」

膣穴、肛門、クリトリス、乳首の性感帯という性感帯をすべて責められた多佳子さんは、急速に絶頂寸前に追い上げられている。

そのとき、僕は多佳子さんの腰を両手でつかみ、思い切り持ち上げた。

ズボッ！

多佳子さんの膣穴からは大量の蜜液がしたたり落ち、蜜液に濡れそぼった僕の勃起ペニスは天を衝《つ》いて揺れている。

「な、何を？　岡崎くん……ど、どうしたの？」

「た、多佳子さん、僕、どうしても……最後は、多佳子さんの尻穴に入れたいんです」

それを聞いた千鶴子さんが気を利《き》かせて僕の勃起ペニスを握り、亀頭の先端を多佳子さんの肛門の窄まりに押し当ててくれる。

「多佳子さんもお尻の穴に欲しいんでしょ？　だったら、そのまま腰をゆっくりと下ろすのよ」

「ああああんっ、ち、千鶴子さん、ありがとう。岡崎くん、手を離して」

僕が多佳子さんの腰から手を離すと、粘度の強い蜜液にまみれた亀頭は、肛門の窄まりに音もなく呑み込まれていく。

多佳子さんはゆっくりと腰を下ろしてきて、弾力に富んだ肛門括約筋《かつやくきん》で僕の肉茎を締めつけ、弱火でじっくりと焼いた高級和牛の脂身のようにトロトロの直腸粘膜で亀頭をまったりと絞りあげてくれる。

多佳子さんの染み一つない真っ白な尻山と、陰毛に覆われた僕の下腹が、一分の隙間《すきま》もないほど密着した。亀頭は直腸最奥部のS状部という突き当たりに達した。

「これよっ！　多佳子、これが欲しかったのっ！」

多佳子さんは尻山を僕の下腹に押しつけるようにして腰を前後に振り、しゃくり上げる。勃起ペニスが多佳子さんの排泄器官の中で揉みくちゃにされ、下腹全体を揉み抜かれるような快感が襲う。

「僕もですっ！　多佳子さんの肛門も、直腸も、最高ですっ！」

そう言った瞬間、しまったと思ったが、後の祭りだった。年齢が僕に一番近いアラサーの早苗さんがすかさず突っ込んできた。

「岡崎くん、そんなこと言うんだったら、ほかの三人も同じようにオマ×コとお尻の穴で満足させていただきますからねっ！」

これ以上の失言をしないためにも、僕は多佳子さんとの最後のアナルセックスを堪能《たんのう》することに専念した。

目と鼻の先で無毛の陰裂がパックリと割れ、蜜液に濡れた鶏《にわとり》のトサカのような小陰唇がほころび出て、満開の薔薇の花のように咲き誇っている。大陰唇から会陰、肛門の周辺までの一帯は色素沈着が進んでいるが、小陰唇の内側は鮮やかな薄紅色で、左右対称に緻密なヒダヒダが刻まれている。その中心部では、今の今まで僕の勃起ペニスが潜り込んでいた膣穴がポッカリと口を開け、鮮紅色の深淵から新たな蜜液をドクドクとあふれさせる。

さらにその向こうでは、目一杯に広がった肛門の窄まりが、僕の肉茎を噛《か》み締め、暴れ腰の動きに柔軟に対応している。完全に第二の性器と化した排泄器官による快感を一心に追い求める多佳子さんの姿には、神々《こうごう》しささえ感じられる。

腰のしゃくり上げはますます激しく貪欲な動きを見せるが、ウエストから上はほとんど静止したままだ。全力疾走するサラブレッドの鞍上《あんじょう》で、騎手の身体《からだ》が微動だにしないのに似ている。その乳房に左右から早苗さんと郁世さんが取りつき、乳首を舌先で嬲る。先ほどまで早苗さんが責めていたクリトリスは、多佳子さんの肛門を僕の勃起ペニスに譲った千鶴子さんが受け持つ。右手の親指、人差し指、中指を使い、蜜液に濡れそぼつ大ぶりのクリトリスをひねり潰《つぶ》す勢いでこねている。

「あうううんっ！　さ、最高に気持ちいいわっ！」

そう告げた多佳子さんはひと際大きく腰を暴れさせ、三人を振り払う。

「イクッ！　多佳子、イキますっ！」

背中を弓なりに反らして絶叫を天に放つ多佳子さんの両脇を、早苗さんと郁世さんがそれぞれ支えて多佳子さんの身体を持ち上げ、千鶴子さんは傍らのバスタオルを手に取る。

ズボッ！

多佳子さんの尻穴から僕のペニスが抜け出ると、ポッカリと大口を開けた膣穴に千鶴子さんがバスタオルを当てる。次の瞬間、千鶴子さんが手にしているバスタオルに、見る見る染みが広がっていく。多佳子さんがイキ潮を噴いたのだ。三人の見事な連携プレーにより、絨毯やリビングの床を大量のイキ潮の一滴で濡らすこともなかった。

一方、射精寸前に間一髪のところで多佳子さんの尻穴から抜け出た僕のペニスは射精を免《まぬが》れて天を衝き、多佳子さんが分泌した直腸粘液を滴《したた》らせながら完全勃起を保っている。

僕はこの日、簡単には射精しないと心に誓っていた。何しろ今日は、熟れ盛りの四人の人妻をまとめてイキ潮絶頂に押し上げなければならない。短時間であっても三回の射精は自信があるが、四人の膣穴か肛門に毎回射精するとなると、さすがにしんどい。おまけに、実はこの送別会の後、とある歓迎会が予定されているため、なおさらセーブしなければならないのだ。

早苗さんと郁世さんがイキ潮を噴き終えた多佳子さんを僕の身体の上から引き

ずり下ろすと、千鶴子さんがすかさす、多佳子さんのイキ潮を吸って重くなったバスタオルを投げ捨て、僕の腰に跨がった。

「あっ、ズルいわ、千鶴子さんっ！」

思わず不平の声を上げた早苗さんに、千鶴子さんが勝者の余裕で答える。

「何を言ってるの？　早苗さん。多佳子さんの次に岡崎くんと知り合ったのは私ですからね。順番よ」

千鶴子さんは尻を持ち上げ、勃起ペニスを右手でつかんで固定し、大栗のような亀頭の上にゆっくりと腰を下ろしていく。ズボッと音を立てて亀頭を呑み込んだのは、なんと肛門だった。

新たに僕の腰に跨り、いきなりアナルセックスを求めてきた千鶴子さんは、京都の茶道の家元に生まれた四十六歳の専業主婦。ご主人は元高級官僚で、今は関連団体の理事長に天下《あまくだ》っている。すでに社会人となった長男と海外留学中の長女がいる。

彫《ほ》りが深くエキゾチックな美人の多佳子さんに対して、千鶴子さんは清楚な和の雰囲気を漂わせる美熟女だ。その千鶴子さんが夫とのセックスレスの欲求不満から万引《まんび》きに走り、その現場を僕と多佳子さんに押さえられた。それで、僕と多佳子さんにラブホテルに連れ込まれた千鶴子さんは、僕とセックスをしている間に、多佳子さんにディルドを使って肛門の処女を奪われた。それ以来、アナルセックスの虜《とりこ》になっているのだ。

千鶴子さんの肛門の窄まりは、平常時は淡いセピア色をした緻密なシワが放射状に並んでいる。だが、極太の勃起ペニスを呑み込んで肛門括約筋が伸びきっている今は、シワは完全に消失してただの肉のリングと化している。

京都の名家育ちのはんなりとした性格そのままに、千鶴子さんの肛門括約筋も直腸粘膜も、僕の勃起ペニスをやんわりともてなしてくれ、うっとりと羽化登仙《うかとうせん》の心持ちにしてくれる。

ただし、そんな穏やかなアナルセックスも、千鶴子さんが絶頂への坂道を登り始めるまでだ。絶頂への導火線に火がつくや、千鶴子さんは上品な仮面をかなぐり捨て、荒れ馬のように激しく尻を振り回す。快楽を貪り尽くし、少しでも高い絶頂に登ろうとしているのだ。

僕は勃起ペニスを肛門に挿入したまま、腰の上に乗っている千鶴子さんの身体を回転させて後ろを向かせた。おもむろに上体を起こし、両手で千鶴子さんの腰をつかむと、千鶴子さんの尻山を下腹に引き寄せたまま膝立《ひざだ》ちする。

勢い千鶴子さんの腰が持ち上がり、上体は前に倒れ、四つん這《ば》いの姿勢を取ることになる。

「はうんっ！　岡崎さん、私のお尻の穴、思い切り突いてっ！　ち、千鶴子にも……お潮を噴かせて……おねがいっ！」

それから約十分にわたって千鶴子さんは肛門を僕の極太ペニスで突きまくられ、乳首を郁世さんにひねり潰され、クリトリスを早苗さんにこね回されて絶頂に達した。その直後、千鶴子さんは念願通り、早苗さんが膣穴に押し当てたバスタオルに向けて大量のイキ潮を噴出させた。

この時ばかりは、僕も千鶴子さんの肛門括約筋に肉茎を締めつけられ、激しく蠕動《ぜんどう》する直腸粘膜に亀頭を絞り上げられ、直腸最奥部に精液をしぶかせた。

次いで、フェラチオで勃起させてくれたペニスを早苗さんの肛門に挿入してイキ潮を噴かせ、最後に、最年長ながら四人の中で最も素晴らしいアナル機能でまったりともてなしてくれる郁世さんの直腸の奥深くに、この日二度目の射精を行った。二度目も会心の射精だった。

その後、みんなで風呂に入った。ペントハウスの浴槽は一般のマンションの二倍以上の大きさがあり、五人が何とか一緒に浸《つ》かることができる。

四人の美熟女は僕に肌を密着させ、四方から手を伸ばして僕のペニスや睾丸に触れ、握ったり摩擦したりする。もう一度、四人の相手をさせようとしていると察した僕は、慌ててバスタブを出て身体を拭《ふ》くと、ほうほうの体で多佳子さんのペントハウスから逃げ出した。

今日までの一年間、僕が管理人を務めてきたマンションのエントランスを出ると、車寄せの隅に停まっていた黒塗りの国産スポーツカーの助手席のドアが音もなく内側から開けられた。僕を待っていたのだ。

「岡崎くん、お疲れさま」

僕がそのドアから乗り込むと、ダークグレーのスカートスーツを着こみ、運転席に座った女が声をかけてきた。タイトなスカートから剥き出しの太ももの内側に青白い血管が浮いているのが見えるのは、生脚だからだ。

女は、僕が勤務する高木不動産本社管理部の藤堂美和《とうどうみわ》部長。週明けに正式な辞令が出れば、四十歳の若さで経営戦略本部のシステム統括準備室長に就任する。僕は彼女の部下として、全国の支店や営業所を視察して回る出張に同行することになっている。

緩《ゆる》やかにウェーブした栗色のセミロングの髪、リスのようにクルクルと動く円らな瞳、三十歳と言っても通用する童顔だが、たわわに実った乳房、張り出しも肉付きも見事な腰回り、運転席のシートに投げ出されたムッチリとした太もも、身体全体からにじみ出るようなエロさは、媚肉が十分に成熟していることを物語る。もっとも、乳房は衣服の上から見ての推測だが……。

「四人の奥様たちは、あなたとの最後のセックスに満足したかしら？」

「いいえ、それは無理です。あの人たちをとことん満足させようと思ったら、明日の朝までかかってしまいます。今ごろは、四人で相手を取っ替え引っ替えして、レズっているはずです」

先ほどまでペントハウスで嗅いでいたのとは異なる淫臭が、生脚の太ももの付け根から立ち昇り、車内に充満していることに気づいた。

「今夜は、私の家でご馳走《ちそう》するわ。いいでしょ？」

藤堂部長はエンジンをスタートさせ、わざと僕を見ずに尋ねた。

「はい、喜んで伺います」

僕は藤堂部長の太ももを見つめながら答える。洒落《しゃれ》たレストランにでも連れて行ってくれるのかと思っていたが、まさかいきなり自宅に招かれるとは……。とくれば、今夜のメインディッシュは藤堂部長の熟成肉ということだ。

むろん不満はない。自宅に招かれると知った僕は、およそ一カ月前、本社の応接室で藤堂部長をイキ潮絶頂させた後の会話を思い出していた。

そのとき藤堂部長は、僕が自分の秘書として通用するかどうかのテストだと称して、自らスカートを尻まくりして応接室のガラス窓に両手を突き、立ちバックで僕の勃起ペニスを膣穴に受け入れた。

僕はそれから十数分にわたり、藤堂部長の膣穴に力強いストロークで勃起ペニスを突き入れ続けた。藤堂部長はその間、数回の絶頂に達し、最後には皇居の緑を見下ろすガラス窓とカーペットに向かってイキ潮を盛大に噴射した。

そして、自らのイキ潮で濡れたカーペットの上で身悶《みもだ》えする藤堂部長を見下ろしながら、二人でこんな会話を交わしたのだった。

「岡崎くん、私のオマ×コはどうだった？　正直に言ってくれていいわよ」

「そうですね、藤堂部長のような美人のオマ×コにしては、ちょっと締まり方が緩くて、大味ですね」

「ええっ？　そ、そうだったの？　ご、ごめんなさい」

「オマ×コは大したことはなかったですが、お尻の穴はものすごい名器のようだから、今度は肛門をいただきます」

「お、お尻の穴を？　そんなことされたら、美和、死んでしまうわ」

秘書テストは文句なしの合格だったが、藤堂部長はその言葉を最後に意識を閉じてしまったため、このやり取りを覚えているかどうかは定かではない。だが、忘れているなら、思い出してもらうまでだ。

僕の記憶では、藤堂部長の肛門の窄まりには、緻密なシワが放射状に整然と並んでいた。それまでに四人の美熟女の窄まりを味わってきた経験からして、藤堂部長の肛門はかなりの名器のはずだ。

今夜は、あの蠱惑《こわく》極まりない肛門の窄まりを存分に味わわせてもらおうと心に決めた。

藤堂部長はアクセルとブレーキを軽快に踏み換え、巧みなハンドルさばきで車を高速道路の流れに乗せ、三十分後には横浜みなとみらいにある高層マンションの地下駐車場に滑り込ませた。

専用スペースに車を入れてエンジンを切ったとき、藤堂部長のスカートは尻山の半分が見えるまでにずり上がり、車内には多佳子さんたち四人分の牝臭にも負けない濃厚な淫臭が充満していた。僕のペニスは二度の射精をしたことなど忘れたかのように、スラックスの中で完全勃起を遂《と》げていた。

第一章　昼は厳しい美人上司、夜は従順なアナル奴隷

「ああっ、もう我慢できないっ！　ちょっとだけ……お口にいただくわね」

藤堂部長は自宅のリビングに入るなり、スーツの上着も脱がずに僕の足元にひざまずき、スラックスのベルトを外すと、トランクスと一緒に足首まで引き下ろした。トランクスに押し込められていた勃起ペニスが解放され、先走り汁を撒《ま》き散らしながら藤堂部長の目の前にブルンと躍《おど》り出る。

「これよっ！　この一カ月ずっと……こ、これがほしかったのよっ！」

「と、藤堂部長、どうしたんですか？……おおおおっ！」

藤堂部長は答える代わりに、セミロングの栗色の髪を掻き上げると、パンパンに膨らんだ亀頭をいきなり丸呑みした。頬《ほお》を窄めて強く吸引しながら、赤い口紅を引いた唇を肉茎に滑らせる。

ツンとしたキャリアウーマンの仮面を自ら剥ぎ取り、熟れた媚肉の疼《うず》きに突き動かされ、ただの女となったのだ。

藤堂部長の部屋はタワーマンションの中層階にあり、リビングには腰の高さから天井まで強化ガラス張りの大きな窓がある。その窓からは、暮れなずむ空を背景にライトアップされたベイブリッジや、はるか房総半島の工場地帯の夜間照明が穏やかな東京湾の海面に反射しているのが見える。まあ、当たり前だが、僕が住んでいるワンルームマンションとは大違いだ。

藤堂部長は両足の爪先《つまさき》を立て、踵《かかと》に尻山を乗せて身体を安定させると、頭を大きく振り、ジュボッ、ジュボッと卑猥《ひわい》な音をたててフェラチオを始めた。

入社して一年しかたっていない僕には雲の上の存在に等しい美人キャリアウーマンが、つい今し方までほかの四人の熟女の膣穴や肛門に挿入されていた僕の勃起ペニスを丸呑みし、舌を遣ってくれているのだ。

関連会社を含めて三千人はいる社員の中には、社内報や社内ビデオにタイトなスカートスーツ姿で登場するわが社で一番の美熟女部長を、オナニーのおかずにしている社員も多いはずだ。

その中にあって、僕はすでに一度は藤堂部長の膣穴を味わい、今は仁王立ちフエラをしてもらっている。その上、四十年間守ってきたアナル処女までいただこうなんて、社長をはじめ役員たちにもできないことを、ペーペーの平社員の僕が実行しようとしているのだ。そう考えただけで、藤堂部長の口の中で、勃起ペニスがさらに大きくなるのを感じた。

リビングの窓のカーテンは引かれておらず、外が暗くなるに連れ、窓ガラスにリビングの様子が映り込んでくる。そこには、下半身を剥き出しにして仁王立ちする若い男と、男の前にひざまずき一心不乱に口唇奉仕する年上の美女の姿が映っている。もし仮に、窓の外からこの光景を見た者がいたら、その者の目には、若き暴君とそれに仕える美しい女奴隷と映ることだろう。

「こ、こんなことって……。藤堂部長、まるで夢のようです」

藤堂部長は勃起ペニスを吐き出すと、優しく手コキしながら、ニッコリと笑みを浮かべる。その笑顔の下には、ブラウスを突き上げる胸の膨らみ、きちんと揃えられて付け根まで露わな両の太ももが見える。

「その藤堂部長って言うの、こんな時はやめてもらえないかしら。何だか淫乱な女上司が若い部下にセクハラしてるみたいだわ」

「セクハラだなんて、とんでもありません。こんなにしてもらって、とっても幸せです。藤堂部長の命令なら何だって一生懸命にやります」

「ほら、その『命令』って言うのがセクハラっぽいわ。二人きりで楽しんでいるときは、藤堂部長だなんて堅苦しい呼び方はやめて」

「分かりました……じゃあ、部長と呼びます」

「部長ねえ……まあ、今は、それでもいいわ」

部長は勃起ペニスを改めて深々とくわえ直し、スーツの上着を着たまま、純白のブラウスのボタンを外していく。白い肌に青白い血管が浮き上がる乳房が姿を見せる。その乳房には辛うじて乳首と乳輪を隠すだけのレース地の極小ブラジャーが貼りつき、たわわな胸の実りを強調している。

純白のレース地から、色も大きさも熟したサクランボのような乳首と、同じ色の乳輪が、透けて見える。

「おおおっ！　とうど……いや、部長、気持ちよすぎますっ！　それに……なんてきれいなオッパイなんだっ！」

部長はフェラチオを続けながら、上着とブラウスを一緒に脱ぎ去り、タイトミニのスカートのホックを外す。そして、肉付きのいい尻山に貼りついたスカートを、熟した桃の皮を剥くように脱ぎ下ろしていく。

ブラジャーと同様にパンティーの布地も極小で、しかも鋭く切れ上がったハイレグだ。毛穴一つ見えないほど完璧な脱毛処理が施された陰裂に、今にも食い込んでしまいそうだ。本社応接室で立ちバックでセックスしたときも、ハイレグ・Tバックパンティーだった。

「部長は仕事中もいつも、こんなにエッチな下着を着けているんですか？」

今度は左手で勃起ペニスの根元を握ると、右手のひらで亀頭をすっぽりとくるみ、ズリッ、ズリッとこねるように摩擦する。

「くうううううっ！　そ、それ、すごく効《き》きますっ！　すごすぎるっ！」

あまりの鋭い快感に、僕は思わず腰を引いてしまった。でも、部長は握った勃起ペニスをグイッと引き寄せ、僕の訴えなど聞こえなかったように、平然と亀頭責めを続ける。先走り汁が出ていなければ、亀頭の粘膜が赤剥けしてしまいそうなほど容赦のない亀頭責めに、僕は唸《うな》り声を上げ続けた。

「この年まで独身でいると、いつ何時、どこで、どんな出会いがあってもいいようにしておかないと……チャンスを逃すわけにはいかないのよ。結婚のチャンスも、遊びのチャンスもね」

そう言えば、僕が管理人を勤めていたマンションの管理組合総会で初めて会ったときも、藤堂部長はハイレグパンティーを穿《は》いていた。

「岡崎くん、今日は四人の奥様たちを相手に、何回射精したの？」

「に、二回です。あの人たちはもっと搾《しぼ》り取ろうとしてましたけど……今夜はあと二回は大丈夫です」

単刀直入な質問で不意を突かれ、余計なことまでしゃべってしまった。

「そう、頼もしいわ。せっかく私のために取っておいてくれたのに、手コキやおフェラで出したんじゃもったいないわね。この前みたいに……最初はオマ×コにくれる？」

僕の亀頭は、ようやく強烈な摩擦から解放された。「最初はオマ×コ」ということは、次は別のところ……つまりアナルセックスを覚悟しているということか？　部長は、一カ月前の別れ際に僕が言った言葉を覚えていてくれたのだ。やはり今日は、射精を惜しんで大正解だった。

部長は立ち上がり、秘すべきところを隠すという機能をほとんど果たしていないブラジャーとパンティーを自らむしり取ると、こちらに背を向けて強化ガラスの窓に両手を突く。そして、両足を肩幅に広げ、豊かな尻山を僕に向かって突き出した。

「部長は立ちバックが好きなんですか？　それとも、外の誰かに見られるかもしれないというスリルが好きなんですか？」

「りょ、両方よっ！　立ったまま後ろから入れられるのって、無理やり犯されてるようだし、無理やり犯されて感じてる淫らな私を誰かに見られてると思うと、恥ずかしくて……」

美貌も実力も社内一のキャリアウーマンは、見かけによらず〝ツンデレ〟ならぬ〝ツンマゾ〟で、一皮剥けばどこまでも底なしの変態だったのだ。

「な、何をボーッとしてるの？　早く全部脱いでいらっしゃい」

「は、はいっ！　今すぐっ！」

大慌てで衣服を脱ぎ、部長の後ろに立つと、念のために尋ねた。

「あのう……」

「何っ？」

部長は今までで一番怖い顔で、キッとにらみ返した。セックスの快楽に貪欲で、それを隠そうともしない。

「は、はい、前戯はしなくてもよろしいのでしょうか？」

「そんなこと、私のオマ×コに触ってみれば分かるわ」

部長は肩幅に開いていた両足をさらに広げ、上体の前傾を深めて尻を急角度で突き出した。

今にも折れてしまいそうに細い足首、引き締まったふくらはぎ、ムッチリとしていながらも伸びやかな太もも……その美脚が描く逆V字の頂点に右手を挿《さ》し入れると、鶏のトサカのような小陰唇から蜜液がしたたっているのが分かった。仁王立ちフェラをしたり、無理やり犯されるなんて言っているうちにマゾ性癖が働き、蜜液を分泌したのだろう。もっとも、実際には部長の方から自ら進んで勃起ペニスを迎え入れようとしているのだが……。

僕は無言で勃起ペニスを尻山の狭間に挿し入れ、パンパンに膨らんだ亀頭を小陰唇と戯《たわむ》れさせる。内側に緻密なヒダヒダを持つ小陰唇が、待ってましたとばかりに、亀頭にしゃぶりついてきた。

「いいっ！　これだけでも、岡崎くんのオチ×チンのたくましさが分かるわっ！　早く……早く入れてちょうだいっ！　私、一カ月も待ち続けていたのよっ、岡崎くんのオチ×チン！」

たった一回のセックスで、僕の勃起ペニスの虜になったというわけだ。

「いきますよ、部長」

亀頭を小陰唇にしゃぶらせたまま、僕はくびれの深いウエストを両手でつかみ、張り出しの見事な腰をグイッと引き寄せる。大栗のように膨らんだ亀頭が小陰唇の中心にある膣口を突破した。

「あんっ！　いいわっ！　岡崎くんのオチ×チン、たくましくて素敵よ」

一カ月前も感じたことだが、藤堂部長の膣穴の締まりはゆるく、やっぱり大味だった。僕の勃起ペニスでもそう感じるのだから、並の大きさのペニスではなおさらだろう。

僕は物足りなさを感じながら、勃起ペニスを根元まで埋め込んだときに、おやっと思った。前回はなかったことだが、亀頭の先端が子宮口に触れたのだ。子宮までがセックスの快感を求め、子宮頸管《けいかん》を伸ばして下りてきたのか？

部長も自分の身体の異変に気づいたらしい。

「オ、オチ×チンの先っぽが一番奥を……子宮口を押してるわっ！　こ、こんなの初めてよっ！　こ、こんなに気持ちいいのっ！」

部長はさらなる快感を求め、僕の方に突き出した尻をゆっくりとグラインドさせる。シリコンゴムのようにコリコリした子宮口が、その動きに合わせて、勃起ペニスの亀頭をグリッ、グリッとこねるように嬲ってくる。さっきの手のひらによる亀頭責めに似た快感が脊髄《せきずい》を突き抜け、脳髄を痺《しび》れさせる。同時に、膣粘膜は肉茎をじんわりと絞り上げ、膣口はギリギリと肉茎の根元を締めつける。『ゆるマン』が男殺しの名器に豹変《ひょうへん》したのだ。

「おおおおっ！　部長、ぼ、僕もすごい快感です。この前は、大味だなんて言って……す、すみませんでした」

いつの間にか全身を汗まみれにした部長は、尻をグラインドさせるスピードを上げ、尻山から汗をまき散らしている。ベリーダンスやフラダンスの名手でも、これほどの尻振りはできないのではないかと思うほどの激しさだ。前回、部長はこんな動きは見せなかった。

膣穴の中では、小さな千本の手がグルグルと回転しながら、僕の勃起ペニスを嬲り回す——そんな錯覚《さっかく》に陥《おちい》るほどの快感に襲われているのだ。

「ぶ、部長、激しすぎますよっ！　オマ×コの中で、千手観音《せんじゅかんのん》に手コキされているみたいだっ！」

「わ、私だって……気がおかしくなりそうだわっ！　で、でも、止められないのっ！　岡崎くん、一緒にっ、一緒にイッてっ！」

その言葉を聞いて、射精感の高まりは我慢の限界を超えた。

「クウッ！　もう駄目だっ！　イキますっ！　部長のオマ×コでイクッ！　イクッ！」

僕は、暴れ回る部長の腰をグイッと引きつけ、下腹を豊満な尻山に密着させた。勃起ペニスの亀頭が子宮口を突き上げるのが分かった。

「美和もイクッ！　岡崎くんのオチ×チンで……イクッ！　イクウッ！」

その瞬間、部長は驚くべき背筋力を発揮して上体を極限まで反らすと、顔を天井に向けて絶叫を放つ。その反動で勃起ペニスが膣穴から抜け出たのと同時だった。

僕が部長の尻山に精液の奔流《ほんりゅう》をしぶかせる間、部長は足元のカーペットに向けてイキ潮を噴射する。その飛沫《ひまつ》と立ち昇る湯気でガラス窓が曇り、せっかくの横浜の夕景が霞《かす》んでしまった。

イキ潮を噴き終え、そのまま床に倒れ込みそうになる部長をすくい上げてお姫様抱っこすると、部長は僕の腕の中で全身の力を抜いた。首を後ろに倒して顎《あご》を見せ、両腕をダラリと垂らす。熟れた媚肉を蹂躙《じゅうりん》され尽くし、歓喜の叫び声ばかりか盛大にイキ潮まで噴き上げた直後の無防備な姿は、完全なる敗北を認めた証しだ。

あるいは部長は、征服者に恭順の意を表する敗国の王妃《おうひ》に自分をなぞらえ、マゾ性感の淫靡《いんび》な喜びに浸っているのかもしれない。

実際には、僕の方も部長の荒腰に勃起ペニスを弄《もてあそ》ばれた挙げ句、抵抗する暇もなく精を搾り取られたのだから五分五分なのだけど、社内ばかりか業界内でも一目置かれるキャリアウーマンであり、間もなく正式に上司になる美しい熟女をそこまで追い込んだかと思うと、やはり素直に誇らしい。

するると、下腹に力がみなぎり、射精したばかりなのに、半萎《はんな》えのペニスの海綿体にドクッと血液が流入するのを感じた。

かくなる上は、今夜の内に部長のアナル処女をいただいてしまおう。週明けに本社で辞令を受け取り、正式に上司と部下の関係になる前に、部長の熟れた身体にアナル快感の刻印を打ち、セックスの主導権を握っておくのだ。

そう考えたものの、相手の方が一枚も二枚も上手で、現実はそう簡単にはいかないことを、後に思い知らされることになる。

部長のアナル処女をどこでいただくか。リビングのカーペットは、すでに部長のイキ潮をたっぷりと吸っている。ベッドをイキ潮まみれに濡らすのは、もっと厄介《やっかい》なことになる。と、そのとき、抱きかかえた部長の身体からかぐわしい汗の匂いがしていることに気づいた。バスルームでなら、どれだけイキ潮を噴き上げても大丈夫だ。

「部長、バスルームはどこですか？　シャワーを浴びましょう」

どうせもうひと汗かいて、もうひと潮噴かせるのだから、すぐにシャワーなど浴びるつもりはなかったが、部長を安心させるための方便だ。

「ろ、廊下の途中の……左側の扉よ」

部長を抱きかかえたまま、その引き戸を足で何とか開けることができた。そこは三畳ほどの広さがある洗面所で、途端にモワッとしたやや湿った空気に包まれた。香水の匂いや部長の体臭に混じって生臭い牝臭が鼻腔をくすぐる。牝臭は半分開いた折り戸の奥の浴室から漂い出ている。

その折り戸を足で押して全開にしたとき、異様な光景が目に飛び込み、ペニスの海綿体にドクドクと大量の血液が流入した。

浴室には、三畳ほどの洗い場の奥に大人二人がゆったりと浸かることができる大きさのバスタブが置かれている。右側の壁にシャワーやカラン、シャンプーなどを置く棚、大きな鏡が設置されている。

問題は、何もないはずの左側の壁だ。なんと、浴室の壁から黒光りする全長二十センチほどの極太ディルドが突き出ているのだ。

吸盤でタイルに貼り付いた基底部から、蔦《つた》のような太い血管もどきが絡《から》まる直径三センチの太さの肉茎部分がやや上向きに伸び、その先端に禍々《まがまが》しく傘を開いた亀頭もどきをいただく。

「ぶ、部長……あれって？」

「なあに？……きゃあああああっ！」

部長は僕の視線の先にある物を見て悲鳴を上げ、僕の腕から降りてディルドを引き剥がそうとする。しかし、強烈な吸盤で貼り付いたそれは、慌てて剥がそうとしても、なかなか剥がれてはくれない。

「み、見ないでっ！　岡崎くん、見ないでっ！」

部長はディルドにしがみつき、こちらに背を向ける。

「部長、恥ずかしがることはありません。僕が管理人をしていたマンションの奥様たちもみなさん、当たり前のようにご愛用されていますから」

「そ、そうなの？　私……うちを出る前にシャワーを浴びていたら、我慢できなくなってディルドを使ったの。そうしたら、遅刻しそうになって、帰ってから外そうと思っていたのに……」

そう言って振り向いた部長の顔は、うっとりと蕩《とろ》けるような表情を浮かべている。自分の部下になる男に恥ずべき性的嗜好《しこう》を見られ、マゾの血を騒がせているのだ。

もっと貶《おとし》めてやろう——ドス黒い欲望が湧き上がってきた。

僕はディルドを握ってゆっくりと壁から剥がし、部長の目の前でこれ見よがしに匂いを嗅ぐ。すでに乾いてはいるが、ツーンと鼻を刺すような強烈な淫臭をまとっている。

特大のそれは全体がシリコンゴムで出来ていて、亀頭と肉茎の部分には本物の勃起ペニスとほぼ同等の硬さがあり、肉茎と基底部の境目には前後左右に動く柔軟性を持たせてある。

「部長、ディルドを使ったときに、かなり派手にイキましたね。部長のマン汁の……ものすごくキツい匂いがしますよ。ほらっ」

鼻先にディルドを突き出すと、マゾ性感に酔った部長は素直に深呼吸し、自らが数時間前に付けた蜜液の刺激臭で鼻腔を満たす。

「ゲホッ、ゲホッ、ゲホッ……こ、これが私のお汁の匂いなの？」

「そうですよ。乾燥してかなり濃縮が進んでいるから、生マン汁の匂いより強烈ですけど、元は同じです」

と、そのとき、部長をマゾ羞恥《しゅうち》のどん底に突き落とし、これまでに味わったことのない超絶快感を与えるアイデアが浮かんだ。

ディルドを見た瞬間、単に藤堂部長のアナル処女をもらうだけでは気が済まなくなり、さらなるドス黒い欲望の炎に脳髄まで焼かれていた。そのドス黒い欲望を満たす方法を見つけたのだ。

僕ははやる気持ちを抑え、藤堂部長を洗い場に立たせると、バスタブの縁に両手を突かせた。突き出された尻を拝《おが》むようにひざまずき、盛り上がりの見事な尻山に両手を置く。

「部長、この前の約束通り、これから部長のアナル処女をいただきます。いいですね？」

部長は答える代わりに、豊満な尻をモゾモゾと動かした。指先が柔肉に食い込むほど両手に力を込め、染み一つない尻山を左右に大きく割り開く。

改めて間近に見る部長の無毛の女陰部は、肉体の熟れ具合とは裏腹に、色素沈着はほとんど見られない。肛門の周辺から会陰、さらに大陰唇から鶏のトサカのように垂れ下がった小陰唇まで、ほかの部分の肌の色とほとんど変わらない。発達した小陰唇を除けば、まるで思春期の少女のような楚々《そそ》とした佇《たたず》まいだ。

それでいて、肛門の窄まりには緻密なシワが放射状に整然と並び、乱れはまったく見当たらない。

「部長のお尻の穴、なんて素敵なんだっ！　尻山の谷間に咲く薄紅色のヒナギクのように可愛いっ！」。

「お、岡崎くんの息が……お尻の穴にかかって、くすぐったいっ！　そんなに近くで見ないでっ！　お尻の穴なんて見られるの、初めてよっ！」

「だって、部長の肛門の窄まり、普通の人のと違ってるから、いくら見ても見飽きないんです」

「ええっ？　違うって……ど、どこが……どう違うって言うの？」

部長は不安げな顔をこちらに向けて尋ねる。

「普通の人の窄まりって、尻穴の中心に向かってなだらかな窪《くぼ》みになっているんですが、部長の窄まりは盛り上がったまま窄まって、お尻の穴がそのままピッチリと閉じているんです」

「って言われても、イメージが湧かないわ」

「そうだっ！　ちょっと待っていてください」

僕はリビングに戻ってスラックスのポケットからスマホを取り出すと、急いで浴室に取って返す。部長はさっきと同じ姿勢で待っていてくれた。

「すぐに済みますからね」

僕は左手の指で尻山を広げると、右手に持ったスマホのレンズを近づけ、肛門の窄まりを接写する。

カシャッ！

意外と大きなシャッター音が浴室に響いた。

「あ、あなた、私のお尻の穴の写真を撮ったの？」

藤堂部長は反射的に肛門を右手で隠そうとしているが、それでも左手はバスタブの縁に置いたまま、前傾姿勢を保っている。さらに数枚のアナル写真を撮影した。

どの画像も鮮明に写っていて、スマホのディスプレーいっぱいに拡大すると、実物の何倍もの大きさで鮮明に見ることができる。

「部長の窄まりのシワの一本一本、ヒナギクの花びらの一枚一枚まで数えられますよ。花びらの一つに小さなホクロがあるんですね」

「ヒィッ！　そんな写真、見ないでっ！」

「だって、イメージが湧かないって言うから……ほら、この通りです」

藤堂部長の顔の前にスマホを差し出すと、言葉とは裏腹に、真剣な眼差しでディスプレーに見入る。

「こ、これが私の、お、お尻の穴なの？」

「そうです。細かい花びらが放射状に並んでいて、とってもきれいでしょ？」

「そ、そうね……確かにヒナギクの花みたいね。それに、何となく盛り上がっているように見えるわ」

初めて見る自分の尻穴を、いたく気に入ったようだ。ナルシストならぬアナルシストなのか？　相変わらず尻を突き出した姿勢のままだ。

「恐らく肛門括約筋が発達しているから、窄まりが肉厚なのだと思います。美しさとたくましさを兼ね備えていて、神々しささえ感じます」

「そ、そうかしら？　お尻の穴をほめられたのは初めてだから……」

「この写真をいきなり見せられたら、きっと何かのきれいな花だと思うはずです。

今度、会社のみんなに見てもらいましょうか？」

「ひいっ！　や、やめてっ！　そんなことされたら、美和、恥ずかしくて死んでしまうわっ！」

そう言いながら、肛門の窄まりは激しくヒクつき、その下の膣穴から新たな蜜液が止めどなく流れ出る。藤堂部長の排泄器官は、きっと素晴らしい快楽性能を持っているに違いない。

この美熟女部長の窄まりは、僕の勃起ペニスを一体どんな風にもてなしてくれるのか——そう考えただけで、勃起ペニスの鈴口から、先走り汁がドクッとあふれ出る。

僕は無言で尻山をなおも割り開き、やや横長になった肛門の窄まりに唇を重ねた。

「はうっ！　半日以上洗ってもいないお尻の穴に……い、いきなりキスするなんてっ！　変態よ、岡崎くんっ！」

窄まり全体を唇でスッポリと覆《おお》い、思い切り吸引しながら、舌先でシワの一本一本を掘り起こすように舐《な》めていく。舌先が窄まりを一周したところで感想を述べ、反応を見る。

「部長、さっき写真を見たでしょ？　部長の肛門は、ちっとも汚くなんかありませんよ」

「そ、それはそうだけど……」

舌先でのシワの掘り起こし作業をもう一周させた。

「それに、何とも言えないエッチな匂いがして、スパイスが効いたスモークサーモンのような味がしてます。これなら、一日中だって舐めていられます」

「ヒィィイイイイイッ！　お尻の穴の匂いや味なんて……は、恥ずかしくて死んでしまうわっ！　あなた、一体どこまで変態なの？」

藤堂部長は絹を裂くような悲鳴を上げながらも、尻を逃がすことはせず、逆に僕の顔に尻山を押しつけ、ディープキスをせがむように、肛門の窄まりを僕の唇にこすりつけてくる。

肛門の窄まりの接写画像を見たことで、アナル性感に一層の興味を持ったらしい。アナル絶頂を極めようと心に決め、マゾ性癖を全開に解き放ったようだ。ならば、こちらもサドプレーでとことん追い込んでやろう。

僕がときに舌先でシワの一本一本をくすぐり、ときに舌全体でヒナギクの花びらをこそげ取るようにアナル舐めを続けると、さっきまではヒクついていた肛門の窄まりが、うっとりとため息でもつくように厚ぼったい唇をわずかに開き、暗赤色の深淵《しんえん》を覗かせる。

「部長、さっきから恥ずかしくて死んでしまうって言ってますけど、部長の尻穴は、まったりと馴染んで、僕の舌を吸い込もうとしてますよ」

「そ、そんなの嘘よっ！」

「じゃあ、その証拠を見せましょう」

カシャッ！

「ま、また写真を撮ったのねっ！」

非難がましい口調だが、顔の前にスマホを差し出すと、藤堂部長の目はディスプレーに釘付けになる。

「ほ、本当だわっ！　ヒナギクの花がさっきよりも開いて……ま、満開に咲いているわっ」

「部長、何を言ってるんですか？　甘いですよ。まだまだ満開なんて、ほど遠い話ですよ」

「ほど遠いって……ど、どういうこと？」

「だって、今日はこの窄まりに、僕のチ×ポを入れるんですよ。マンションの奥様たちは、アナルセックスの後は皆さん、尻穴に文字通りポッカリと穴が開いて、しばらくは開いたままになっているんです。そのときですよ、女として死ぬほど恥ずかしいのは」

「ど、どうしてなの？」

藤堂部長は僕を振り向き、美しい横顔を見せる。その横顔に浮かんでいるのは恐怖や不安ではなく、明らかに期待と陶酔の表情だった。

「クレーターのようにポッカリと大きな穴が開いて、普通なら一生、誰の目にも触れることのない肛門の奥にまで光があたり、直腸粘膜が丸見えになるんです。粘膜が直腸の奥に獲物を引きずり込もうとするように蠢《うごめ》いて、そのエロいことといったら……はやく部長の直腸粘膜の蠢きが見たいものです。そうだ、終わった後で、蠢いている直腸粘膜の動画もアップで撮ってあげますね」

「そ、そんな恐ろしいこと……絶対に駄目よっ！」

藤堂部長は恐ろしいと言いながら、その顔はますます紅潮し、膣穴からはドクドクと蜜液を垂れ流している。

そろそろ潮時だろう。僕はスマホの録画ボタンを押して棚に置き、レンズの向きを調整した。

「部長、バスタブの中に立って、こっちに背中を向けてもらえますか？」

藤堂部長は僕が差し出した手を取って、素直に言葉に従った。

僕は床に転がっているディルドをこっそりと取り上げ、吸盤をバスタブの縁に吸着させた。さっきまで壁から突き出ていた全長二十センチ近い極太ディルドが、今は部長の尻のすぐ後ろで、天井に向かってそびえ立つ。

「上司の私のアナル処女を奪うんだから、痛くしたら承知しないわよっ！」

「大丈夫です。潤滑油代わりに、部長のマン汁をいただきます」

僕は部長の股間に勃起ペニスを潜り込ませ、蜜液がしたたる小陰唇に亀頭をしゃぶらせ、さらに肉茎の表面を何度か滑らせる。膣穴への挿入はしていないが、股間から引き抜いたときには、勃起ペニス全体がべったりと蜜液にまみれていた。

背中を軽く押すと、部長は素直に上体を前傾させ、正面の壁に両手を突く。

「いよいよ……なのね。あなた、私のお尻の穴を犯そうって言うのね」

藤堂部長は、見られるだけでも恥すかしい尻穴を無理矢理犯されるという被虐《ひぎゃく》感に酔っているのだ。

「そうです。部長が嫌だと泣いて頼んでも、これだけは譲《ゆず》れません。でも、その前に、部長に素晴らしいプレゼントを差し上げましょう」

「プ、プレゼント？」

「ええ、そうです。と言っても。もともと部長のものですけど」

くびれの深いウエストに続く腰の張り出しに両手をかけ、部長の腰を引き下ろす。その下では、黒光りする極太ディルドが、部長の膣穴が下りてくるのを待ち構えている。

「はうっ！　そこは違うわっ！　そこはオマ……」

禍々《まがまが》しく傘を開いた亀頭もどきが、小陰唇に触れたのだ。

「そうです。いいんです。これが部長のアナル処女をいただく前のプレゼントのディルドです」

グイッと力を込めて部長の尻を一気に引き下ろすと、部長の尻山がバスタブの縁に密着する。さっきの僕のペニスと同様に、ディルドの先端は膣穴の最奥部に到達し、亀頭の先端が子宮口を嬲っているに違いない。

「な、なんてことをっ！　ディルドを、こ、こんなに深く入れるなんて……ま、また子宮が！」

「この方が、気が紛《まぎ》れていいでしょ？　でも、こんなディルドなんかでイッちゃ駄目ですよ。これはまだ前菜ですから」

部長は今にもイッてしまいそうに背中を反らそうとするが、僕はそれを左手で押し止めながら、右手で勃起ペニスを握り、先端を部長の肛門の窄まりに押し当てる。

「前と……後ろを、同時になんてっ……無茶しないでっ！」

うろたえる持ち主と違って、肛門の窄まりは落ち着き払い、呼吸するように軽く口を開けたり閉じたりしている。さっきまでのアナル舐めで、すっかり覚悟を決めたのか、あるいは、生まれて初めて異物を挿入される体験を興味しんしんで待ち望んでいるのかもしれない。

肉厚の窄まりは、ポッテリした唇のように亀頭に吸いつく動きさえ見せてきた。

やはり最初ににらんだ通り、かなりの名器に違いない。

肛門の窄まりに亀頭を押し当てたまま、藤堂部長の上体がほとんど水平になるまで背中を押すと、藤堂部長はバスタブの反対側の縁に手を置き、身体を支える。思った通りディルドは基底部の吸盤をバスタブの縁に吸着させ、びくともせずに踏ん張っている。

「部長、いきますよ」

恐らくは拒絶の言葉を伝えたいのだろうが、ディルドがもたらす膣穴の快感と未知の肛門破瓜《はか》の恐怖と期待でパニックに陥り、口をパクパクさせるばかりだ。早くとどめを刺してやった方がよさそうだ。

ゆっくりと亀頭の先端に体重を乗せていく。すると、部長の肛門の窄まりは自分の運命を悟っているかのように従順に口を開いていく。

「く、苦しいっ！　お、岡崎くんのオチ×チンが……私のお尻の穴を広げてるっ！」

藤堂部長がようやく声を出すことができた直後だった。

ズボッ！

緻密なシワが放射状に並ぶ窄まりは、脅威の柔軟性を発揮して亀頭を呑み込んだ。肉厚の肛門括約筋は早くも肉茎をじんわりと締めつけ、直腸粘膜は侵入してきた亀頭にまったりと絡みつく。初めてとは思えないほど見事にもてなすと同時に、亀頭を値踏みするように絞りあげてくる。

「あああああああっ！　入ったっ！　岡崎くんのオチ×チンが入ったわっ！」

「部長、どうですか？　お尻の穴、痛いですか？」

「そ、そんなこと……どうでもいいわっ！　それよりも、オ、オマ×コもお尻の穴も塞《ふさ》がれて……こ、腰が爆発してしまいそうよっ！　こんなにすごい快感……たまらないわっ！」

部長の肛門括約筋は、これまでにアナルセックスをした女性の中でも、ダントツの伸縮性と従順な性格を持っているのが分かった。それゆえに、アナル初体験にもかかわらず、侵入者だけでなく、その持ち主にも途轍《とてつ》もない快感という恩恵をもたらしているらしい。

部長はリビングでの立ちバックのときと同じように、腰を思い切り暴れさせたいはずだ。だが、ここでは極太ディルドが楔《くさび》のように膣穴深くに打ち込まれているため、腰を暴れさせることができない。

そのため、二穴責めの快感のエネルギーが、噴火直前の火山のマグマのように、腰の奥に溜まりに溜まっているのだ。

「お、岡崎くん、このままじゃ、本当に気が狂ってしまいそうよっ！　中途半端なことしないで、美和のアナル処女を徹底的に奪って、早くアナル絶頂させてちょうだいっ！」

「わ、分かりましたっ！　部長、奥まで入れますよ」

返事を待たず、腰を前に送り出す。今度はさして体重をかけるまでもなく、亀頭はズズズズッと直腸粘膜を押し分けて進む。ペニスの裏筋に、薄い肉壁を隔てて膣穴に収まっているディルドの形が伝わってきて、妙な気分だ。

「す、すごいっ！　私の直腸とオマ×コの中で、岡崎くんのオチ×チンとディルドが……こ、こすれ合っているっ！」

僕の下腹が部長の尻山に密着した。それでも下腹で部長の尻山を押し続け、部長の腰を抱えて持ち上げると、膣穴に挿入されているディルドの根元が姿を現した。

「オ、オマ×コ、気持ちいいっ！　子宮が引きずり出されそうだわっ！」

ディルドの亀頭部分だけを膣穴に残すところまで引き抜くと、続いて下腹を密着させたまま部長の腰を下ろしていく。ディルドが再び、ズズズズッと膣穴に埋まっていく。

「ま、またディルドの先が子宮口を……」

部長の股間がバスタブの縁に密着しても、僕がさらに腰を引くと、今度は部長の尻穴から僕の勃起ペニスが姿を現す。

「こ、今度は……お尻の穴から、な、内臓が引きずり出されるっ！　すごすぎるわっ！　こ、こんなに恐ろしい快感……はおんっ！　美和、今度こそ、本当に死んじゃうわっ！」

膣穴への極太ディルドの抜き差しと、肛門への勃起ペニスの抜き挿しを交互に行っている。ふとした思いつきで試したことだが、その効果は想像を遥《はる》かに超えていたようだ。

部長の膣穴と肛門を責めることに夢中になっていて気づかなかったが、部長の排泄器官も、確実に僕の勃起ペニスを責め立てていた。

肉厚の肛門括約筋は最初の穏やかなもてなしを捨て、肉茎をギリギリと締め上げたかと思えば、ヒクつきながら肉茎を奥へ奥へと引きずり込むような動きを見せる。

まったりと絡みついていた直腸粘膜は、肛門の窄まりの緻密なシワと同じぐらい緻密なヒダヒダを浮き立たせ、直腸全体を蠕動させながら亀頭と肉茎をしごき立てる。

「部長、こ、こんなに素晴らしいアナルセックス……初めてですっ！　僕はもうイッてしまいそうですすっ！」

「いいわっ！　岡崎くん、イッてっ！　み、美和もイキますっ！　イクッ、イクッ、イクッ、イクゥゥッ！」

部長は膣穴に極太ディルド、肛門の窄まりに僕の勃起ペニスをくわえ込んだまま、まるで新体操の選手のように思い切り背中を反らし、絶叫を放った。反動でバスタブの縁に密着した部長の腰が浮き上がりそうになる。僕は必死で部長の腰を押さえつけながら、直腸の奥深くに精液をしぶかせた。この日、四度目の射精も、会心の射精だった。

最後の一滴まで吐き出したペニスを部長の肛門から引き抜くと、部長は頭からバスタブの中に倒れ込んだ。その拍子に、膣穴から極太ディルドが抜け出た直後だった。

「出るっ！　出るっ！　また……お潮が出るっ！」

部長の絶叫とともに膣穴から、鯨《くじら》の潮噴きのようにイキ潮が噴き上がる。僕はすかさず録画中のスマホを手に取ると、イキ潮の噴射を避け、勃起ペニスの太さのままにポッカリと大口を開けた排泄器官にレンズを向ける。

ちょうど真上にあるシーリングライトの光が肛門の奥にまで射し込み、暗赤色の直腸粘膜を照らしている。肛門の窄まりのシワの一本一本が、直腸の奥へと向かうミミズのようなヒダヒダに続いている。このヒダヒダが勃起ペニスの亀頭と肉茎に絡みつき、しごき上げていたのだ。

膣穴のミミズ千匹というのは聞いたことがあるが、直腸にもミミズ千匹があるとは知らなかった。部長の排泄器官は、肛門括約筋も直腸粘膜も名器中の名器というわけだ。

長いイキ潮噴射を終えた部長は、そのままバスタブの底で、激しかった二穴責め絶頂の余韻《よいん》に身を悶えさせ続けた。その様子の一部始終を録画したのは言うまでもない。

翌朝、股間から湧き上がる快感で目を覚ますと、僕は藤堂部長の自宅のベッド

の上で大の字になっていた。

その脚の間に全裸の部長が正座し、勃起ペニスにフェラチオを施してくれてい

た。レースのカーテン越しの柔らかい朝の光りが、部長の艶やかな黒髪や染み一

つない純白の背中に反射している。

僕が目を覚ましたことに気づいた部長は、フェラチオを手コキに変え、ニコッ

と微笑みかける。リスのようなつぶらな瞳を持つ童顔と熟れに熟れきった肉体と

のギャップが、一種倒錯したエロさを醸《かも》し出す。

「おはよう……あなた。あら、私ったら。こんなオバサンから『あなた』なんて

呼ばれるの、嫌かしら？」

「と、とんでもない！　部長はオバリンなんかじゃありません。部長みたいにき

れいな大人の女の人からそんな風に呼ばれたら、天にも昇る気分です」

「若いくせに『天にも昇る』だなんて、大袈裟《おおげさ》ね。でも、よかった。うれしいわ。昨日はあなたがサービスしてくれたから、今日は私がご奉仕するわ。してほしいことがあったら、何でも言ってね」

「部長、夢のようです。ありがとうございます」

「部長なんて……やっぱり気分が出ないわ。これからは、二人きりのときは名前で呼んでね」

「じゃあ、美和さん、実は……」

「なあに？　あなた……最初はお互いに照れくさいけど、すぐに慣れるわ」

部長……ではなく、美和さんはそう言うと、フェラチオに戻った。

今朝の美和さんのフェラチオは、ストレートで力強いものだった。右手で勃起ペニスの根元近くを握ってハードな手コキを加え、左手は両の睾丸を揉み、ジュバッ、ジュバッと音を立てて吸引しながら唇を肉茎に滑らせる。舌は亀頭の裏筋を責めている。

頂点にサクランボのような乳首をいただくたわわな乳房がブルン、ブルンと円を描いて揺れている。

昨夜は一緒にシャワーを浴びてバスルームを出た後、美和さんが出してくれた男物のパジャマを着て、出前の寿司をつまみに冷酒を飲んだ。そして、度重なる射精に疲れ果て、ソファーで居眠りを始めた僕を寝室に連れて行き、ベッドに寝かせてくれたのだ。

パジャマはクリーニングに出されていて、清潔で着心地もよかったが、新品ではなかった。美和さんが以前に付き合っていた男が着ていたのだろう。

以前の僕なら、昔の恋人がどんな男だったか気にしただろうが、今はまったく気にならない。そんな男のことなど、僕の特大ペニスと絶倫精力で忘れさせてやればいいだけのことだ。

心のこもったフェラチオを施されながら、昨夜の美和さんの嬌態《きょうたい》を思い出すと、一気に射精感がこみ上げてきた。

「み、美和さんっ、このままじゃ、口に出してしまいそうですっ！」

美和さんは笑みを浮かべた目で僕を見つめながら吸引を強め、右手のスライドを早くし、左手は睾丸をグリグリと揉み込んでくる。

「駄目だっ！　気持ちよすぎるっ！」

　勃起ペニスの根元で快感が爆発する直前、美和さんは口も両手もパッと引き上げてしまった。勃起ペニスが激しい責めから突然解放され、メトロノームのように揺れている。

「そういえば、さっき何か言おうとしてたでしょ？　フェラチオ以外に何かしてほしいことがあるんじゃないの？」

　寸止め焦《じ》らしかと思ったが、どうやら違うようだ。慈母のような笑顔で話しかけられると、母親におねだりする子供になったような心持ちになる。

「あのう……無理なら無理でいいんですけど……」

「なあに、言ってごらんなさい」

「足コキをしてほしいんです」

「足コキ？」

「はい。美和さんの足、とってもきれいで柔らかそうだから、その足でチ×ポをしごいてほしいんです」

　美和さんの顔に一瞬、呆《あき》れたという表情が見えたが、その目にはすぐに妖《あや》しい光りが宿った。

「いいのかしら？　あなたの大切なオチ×チン、私の足なんかでイジっても。それに私……足コキのやり方なんて知らないわ」

「両方の足の裏でチ×ポを挟んで、上下に動かして……」

美和さんは正座を崩して脚を伸ばし、言われた通りに両足の裏で勃起ペニスを挟む。ムッチリとした太ももが大きく割れ、毛穴ひとつ見えない女陰部が朝の光に晒《さら》される。やはり色素沈着はほとんどなく、ほころび出た小陰唇も薄紅色をしている。蜜液をしたたらせた小陰唇に陽光が反射し、まるで朝露に濡れたピンク色の薔薇の花のようだ。

美和さんが後ろ手を突いて上体を反らし、勃起ペニスを挟み込んだ足を上下にスライドさせる。それにしても、なんて柔らかい足裏なんだ。

「ああっ、美和さんの足の裏、とっても柔らかで気持ちいいです。それに、オマ×コがパクパクと開いたり閉じたりするのって、なんてエロいんだ」

フェラチオと手コキで射精寸前まで追い込まれていた勃起ペニスへの足裏責めに加え、目に飛び込んでくる美和さんの生殖器官の映像の相乗効果で、早くも射精へのカウントダウンが始まった。

「み、美和さんの足コキ……気持ちよすぎるっ！　も、もうイキそうだっ！」

「オチ×チンを足で嬲られて喜ぶなんて、変態もいいところだわ！」

美和さんは両脚を揃えて上下に動かすことに疲れたのか、左足の甲でペニスを支え、右足の裏で勃起ペニスの裏側を根元から亀頭の先までをこすり上げ、こすり下ろす。手によるしごきと違って力加減の微妙な調整ができないため、勢い強烈な摩擦となる。特に亀頭は摩擦熱で熱くなり、エラの粘膜がすり切れてしまうのではないかと不安になるほどだ。

だが、その不安が快感を増大させる。その激しすぎる快感に耐えるため、僕は両脚をピンと伸ばして美和さんの腰を挟みつけ、上体を仰《の》け反《ぞ》らせる。

いよいよ射精が近いことを知った美和さんは、足コキのスピードと強さをさらに一ランクも二ランクも上げる。その容赦のない刺激に、下腹の奥で快感が爆発した。

「イクッ！　美和さんの足コキでっ、イクッ、イクッ、イクゥゥゥッ！」

次の瞬間、下腹の奥で爆発した快感が尿道を駆け抜け、亀頭の先端から白い奔流となって噴出する。大量の精液が僕の胸から腹にかけてビタビタと飛び散った。

「いっぱい出したわね。私の足コキ、そんなに気持ちよかった？」

美和さんは右足の親指の腹で、尿道を根元から先端に向かってしごき上げる。

「はい。亀頭の粘膜がすり切れちゃうかと思ったけど、今まで経験した足コキの中で、最高に気持ちいい足コキでした」

美和さんの親指の腹が亀頭の裏筋までしごき上がって来たとき、尿道に残っていた精液が鈴口からにじみ出た。

「ねえ、あなた。私、シャワーを浴びたいけど、このまま歩いていったら、あなたの精液がそこら中についちゃうわ」

見ると、美和さんの足も精液でドロドロになっていた。

「分かりました。バスルームまで、抱っこしてあげます」

浴室でお互いにボディーソープの泡まみれになって愛撫し合い、そのままアナルセックスに雪崩《なだ》れ込む。

今朝は極太ディルドを使わず、美和さんの排泄器官の高性能ぶりをじっくりと堪能した。美和さんの肛門括約筋も直腸粘膜も、ときにまったりと、ときに荒々しく勃起ペニスを歓待してくれ、二度目のアナルセックスとは思えないほど素晴らしいもてなしを見せる。そのまま美和さんの直腸の奥深くに、二度目の精を放った。

そして、この日は夕方の五時に辞去するまで、食事以外のほとんどの時間をバスルームで過ごし、美和さんの肛門に三度、膣穴に二度の吐精《とせい》を行った。美和さんはその間、数えきれないほどの絶頂に達し、三度ほどイキ潮を噴き上げた。

第二章　美貌の副社長夫人とスイートルーム3P蜜技

翌日の四月一日月曜日は、高木不動産の年度初めだ。経営戦略本部に新設されたシステム改革準備室には、本社や全国の支店、営業所から抜擢された十数人の社員が集まり、藤堂美和室長の登場を待っていた。

僕もその中の一人だが、ほかの室員は入社四、五年から十年ほどの若手のエリートばかり。入社二年目で、しかもマンション管理人の経験しかない僕は異質だった。

美和さんは始業定刻の午前九時に、担当役員とともにオフィスに入ってきた。その瞬間、ざわめきが広がった。

美和さんはトレードマークとなっているタイトなスカートスーツ姿だった。たわわな乳房が白いブラウスに包まれ、前ボタンをとめた濃紺の上着を突き上げている。それはいつも通りだが、問題はスカートだった。丈《たけ》は上着の裾《すそ》と同じ位置までしかなく、黒いパンティーストッキングに包まれた太ももが付け根の近くまで露わになっている。

室員たちはその姿を見た瞬間、スカートを穿き忘れたかと思ったに違いない。担当役員が準備室の意義と使命について説明した後、美和さんが新たな仕事への決意を語った。それから、室員一人ひとりの前まで歩いていき、各人の役割を説明する。

スカートの丈など一切気にしていない様子を見せてはいるものの、ムッチリした太ももをこすり合わせるようにして一歩歩くごとに、タイトスカートの裾がズリ上がる。そのため、数歩も歩くと立ち止まり、スカートを引き下ろさねばならないあり様だ。一番最後に僕の前に歩いてきたときには、目は潤み、頬は明らかに上気《じょうき》していた。恐らくパンティーの股布はグッショリと蜜液に濡れているに違いない。

「お、岡崎君には私の秘書役として、常に一緒に行動してもらいます。いいですね、岡崎君」

「はい、室長！　誠心誠意、務めさせていただきます」

二人きりのときは「あなた」「美和さん」と呼び合うが、仕事中はバリバリのキャリアウーマンとただの平社員だ。「誠心誠意」と言ったとき、「性心性意」の文字が頭に浮かび、慌てて表情を引き締めた。

美和さんが今日、室員たちが驚くほど短いスカートを穿いているのは、昨夜の最後に行ったアナルセックスの際に交わした約束を守ってくれた結果だ。

例によってバスルームで立ちバックの体位で肛門を責めている最中、もうすぐ美和さんがアナル絶頂に達するというとき、僕はふと思いついて勃起ペニスの抜き挿しを中断した。

「ど、どうしてやめちゃうの？　もう少しでイケるところだったのに！」

「美和さん、一つお願いがあるんです」

「な、何よ、こんなときに」

僕は抜き挿しをゆっくりと再開する。

「仕事中は社内でも社外でも、美和さんの部下として絶対服従しますけど、仕事中も美和さんと心が通じ合っているという証しが欲しいんです」

「はうっ！　い、いいけど……私は何をすればいいの？」

「大したことじゃありません。太ももがバッチリ見える超ミニスカートを穿いてほしいんです、明日から毎日」

「ええっ？　そ、そんなことって……」

答えを渋る美和さんを見て、抜き挿しをまた中断する。

「い、いじわるっ！　私が分かったわって言うまで焦らすつもりね」

「美和さん、お願いですっ！　でないと、美和さんと本当に気持ちが通じ合っているのか分からなくて、きっと不安で仕方なくなると思うんですっ！」

僕は美和さんの性欲だけでなく、母性本能にも訴える。それが功を奏《そう》した。

「わ、分かったわっ！　あなたがそこまで言うなら、明日から超ミニスカートで出社するわっ！　だから、早く……後ろでイカせてっ！」

それからは勃起ペニスで一気呵成《いっきかせい》に肛門を責め立てると、美和さんは一分とたたずにアナル絶頂し、膣穴からイキ潮を噴出する。僕も勃起ペニスを美和さんの絶品の直腸に深々と突き入れ、目覚めの足コキから数えてこの日六度目の吐精をしたのだった。

床から天井まで全面強化ガラス張りの窓から、レンガの臙脂《えんじ》色も鮮やかな東京駅を見下ろすオフィスでは、入り口から一番遠い窓を背に美和さんの両袖机が、その隣に僕のデスク置かれている。ほかに一般の室員用に向かい合わせに置かれたデスクの列が二列ある。

午前中は、今日の午後に真っ先に挨拶回りにいく東京支店と、都内に八つある営業所のうち二十三区内にある五つの営業所に電話をかけ、先方の都合を確認する作業をこなした。美和さんが先週の内にアポを取っていたので、確認作業は呆《あっ》気《け》ないほどスムーズに終わった。

ただ、困ったのは、空調の関係で、すぐ隣のデスクの下から美和さんの牝臭が絶えず漂ってくることだ。おかげで四六時中、昨日の美和さんの痴態が脳裏に甦《よみがえ》り、電話をかけながらペニスは勃《た》ちっぱなしだ。

昼休みにトイレでオナニーでもして鎮《しず》めておかなければ、午後の挨拶回りに支障が出かねない。だが、午後一番に訪問する予定の東京支店の支店長から電話がかかってきて、僕も含めてランチを食べることになり、オナニーはお預けのまま、美和さんが運転する黒塗りの高級社用車で出かけることになった。僕も一応は運転免許を持っているが、都心部での運転経験がないため、当分は美和さんが運転することになったのだ。

美和さんは巧みに車線変更しながら、これから食事をともにする東京支店長の経歴や人となりについて説明をしてくれるが、頭に靄《もや》がかかったようで、少しも記憶に残らない。密閉性の高い車内に、濃厚な美和さんのフェロモンや香水混じりの淫臭が充満しているせいだ。

おまけに、運転席に座ると、ただでさえ短いスカートの裾が、盛り上がりの大きい尻山に引っ張られて鼠径部《そけいぶ》までズリ上がる。美和さんが穿いているパンストは、排尿や排便の際にいちいち脱がなくていいように、股の部分に穴が空いたタイプだった。そのため、両の太ももが合わさるところでは黒いハイレグパンティーまで露わになっている。幅の狭い股布にはベットリと染みができ、充血した小陰唇が両脇から今にもこぼれでてきそうだ。

露出狂でマゾ性癖のある美和さんは、超ミニスカートを穿いて大勢の部下たちに太ももの付け根まで晒したことで、生殖器官を痺れさせていた。穴あきパンストのおかげで、強烈な淫臭がダダ漏れしているのだ。

濃厚なフェロモンを浴びせられ、強烈な淫臭を嗅がされ、ジュクジュクの股間まで見せつけられてはたまらない。

「す、すみません。今は室長ですか？　美和さんですか？」

「二人きりだから、美和さんでいいわ。あなた、何？」

「美和さん、こ、これを何とかしてほしいんです」

僕はスラックスのベルトを外し、トランクスごと膝まで引き下げる。完全勃起したペニスがブルンと飛び出した。

「まあ、あなた、勃起しちゃったの？　どうして？」

「どうもこうも、車の中は美和さんのオマ×コから出るエッチな匂いやフェロモンでむせ返りそうだし、マン汁でグチョグチョのハイレグパンティーまで見せられたら、こうなるのが当たり前ですよ。責任を取ってください」

「わ、分かったわ。仕方ない人ね。もうすぐ待ち合わせのホテルだから、ちょっとだけ我慢してて」

僕が先走り汁を吐き出す勃起ペニスを握り締めていると、車はやがてホテルの地下駐車場に到着し、美和さんは一番奥の柱の陰に駐車した。

「時間がないわ。あなた、リクライニングを倒して、横になって」

言われた通りにすると、美和さんは、助手席に座る僕の股間に顔を伏せてきた。いきなり勃起ペニスをくわえ込み、舌で亀頭を責めながらバキュームフェラを始める。さらに左手で肉茎の根元を握ってしごき、右手では両の睾丸をあやしたり、肛門の窄まりに指先を遊ばせる。

「おおおおっ！　こんなシチュエーションで、スーツ姿の美和さんにフェラしてもらうのって、何て気持ちいいんだっ！　さ、最高ですっ！」

美和さんは返事もせず、一心不乱に唇と舌と両手を駆使して、僕の性感を刺激する。射精感が一気に高まってきた。

「み、美和さんっ、もうすぐですっ！」

一刻も早く射精に追い込みたい美和さんの口による吸引は、睾丸まで吸い出されてしまうのではないかと思うほど強くなる。同時に、左手は全速で走る機関車のピストンのように激しく上下し、右手は両の睾丸をグリグリと揉み潰すような動きを見せる。抵抗する間もなく、下腹の奥で快感が爆発し、熱い塊《かたまり》が勃起ペニスを駆け登ってきた。

「イクッ！　み、美和さんっ、イクッ！　イクゥウウゥッ！」

美和さんはそのまま吸引を続け、最後の一滴まで精液を吸い出し、飲み下した。そして、顔を上げて僕の顔を見つめながら、唇の端からこぼれ出た精液を指先ですくい取ると、舌で舐め取った。

「また……いっぱい出したわね。初日からこれじゃ、先が思いやられるわ」

「す、すみません」

「明日からは、皆より三十分だけ早く出社するのよ」

「ど、どうして……僕だけですか？」

「あなた一人じゃないわ。私も一緒よ。特別サービスで、始業前に一回、抜いてあげるわ」

「ええっ？　いいんですか、美和さんにそんなことしてもらって」

「仕方ないでしょ。あなたを準備室に引き抜いたのは私なんだから。その責任を取るのよ」

そう言うと、美和さんはさっさと車を降りて歩き始める。僕は急いでトランクスとスラックスを穿き、後を追った。

この日の挨拶回りはすべて予定通りに終わった。どの訪問先でも太ももの付け根まで露わな超ミニスカート姿の美和さんは大歓迎され、美和さんの仕事に全面協力すると約束してくれた。

「あなたが短いスカートを穿けって言ってくれたおかげで、今日の訪問は大成功だったわ。お礼をするから、うちにいらっしゃい」

最後に訪問した大田区《おおたく》内の営業所から美和さんのマンションがある横浜みなとみらいエリアまでは、首都高速道路でほんのひとっ走りだ。美和さんのマンション近くのコインパーキングに社用車を停め、美和さんの部屋で手料理をご馳走になった。

いずれも高カロリーのイタリア料理だったが、それから夜十時に僕が辞去するまでに、僕も美和さんも、摂取したカロリー以上にエネルギーを消費したのは間違いない。

電子版社内報の四月号に、美和さんのインタビュー記事が写真付きで掲載された。新設されたシステム改革準備室の紹介のためだが、パソコンでその記事を閲覧した男性社員たちの度肝を抜いたのは、ソファーに深々と座った美和さんの超ミニスカートから惜しげもなく晒された太ももだった。

ややや斜めの角度から撮影された太ももは、黒いパンティーストッキングに包まれ、ムッチリとしていながら伸びやかで、付け根の近くまで露わになっている。正面からはパンティーの三角地帯が見えるに違いない。

独身の男たちの多くは、その写真に度肝を抜かれただけでなく、オナニーのおかずにして精液も抜いたに違いない。

美和さんのムッチリ太もも効果は絶大で、それ以降、全国のどこの支店や営業所に行っても大歓迎され、早くウチにも来てくれというリクエストまでくるようになった。おかげで全国の支店、営業所の情報をすべて本社で一元管理するという準備室の仕事は順調に進み、その年の暮れには、予定通り年度末までに所期《しょき》の目標を達成できる目途がついた。

そして、美和さんは有能なキャリアウーマンらしく、有言実行の人だった。毎朝射精させてくれるという約束をずっと守っている。

東京本社に出社するときはもちろん、同行した出張先のホテルでも、朝一番にフェラチオしてもらうのが日課だ。もっとも、出張先のホテルでは、フェラチオが単なる前戯になってしまい、バスルームでシャワーを浴びながらアナルセックスに及ぶものしばしばだけど……。

「毎回フェラチオじゃなくて、手コキでも足コキでもいいですよ」

毎朝、仁王立ちした僕の足元にひざまずき、懸命にフェラチオしてもらうことに申し訳なさを感じた僕がある日そう言うと、美和さんはこう答えた。

「夜はあなたのオチ×チンでオマ×コやお尻の穴を責めてられてイキ潮デトックスして、朝はあなたの精液を飲むと、その日一日身体の調子がいいのよ。あなたって、前の晩にどれだけ射精しても、次の朝には必ずすごく濃いのが貯《た》まってるから、栄養価が高いのかもね」

僕も、夜は美和さんの膣穴か尻穴でキンタマの中が空っぽになるほど精液を搾り取られ、朝は口で吸い取られる毎日が続くうちに、身体は引き締まり、顔つきもシャープになったような気がする。

単純と言われればそれまでだが、自分が人並み以上の大きさと絶倫のペニスを持っていると思うと、相手がどんな男であれ女であれ、まず物怖《ものお》じすることもなくなった。

全国を飛び回ってバリバリ仕事をこなして美和さんと、それを補佐する僕のコンビは、いつしか社内でも有名になり、それは副社長夫人の耳にまで達することとなった。

暮れも押し詰まった金曜日、僕が美和さんのデスクの電話を取ると、相手はタカギアキコと名乗る女性だった。ゆったりとして上品な話し方からして、相当なセレブであることは分かった。

美和さんはしばらく親しげに会話した後、今夜の待ち合わせ時間と場所を決め、電話を切った。僕の方を振り向くと、改まった業務連絡の口調で話しかけてくる。

「岡崎くん、今日の夜、急な接待が入ったの。悪いけど、同行してください」

「承知しました。相手の方は、どなたですか？」

すると、美和さんはほかの室員には聞こえないように、僕の耳元でそっとささやいた。

「あなたも知っているはずよ。わが社の高木《たかぎ》耕太郎《こうたろう》社長の一人娘で、婿《むこ》養子の高木幸一《こういち》副社長の夫人よ。大学のサークルの後輩なの」

「ええっ！　そんな方と会うのに、僕なんかが……」

「岡崎くんの特技が必要なの。そう言えば……分かるでしょ？」

悪戯《いたずら》っぽく笑った美和さんの顔を見て、さっきの会話の中で美和さんが言った言葉を思い出した。

「だったら、私がいいものを持ってるわ。貸してあげてもいいわよ。キングサイズのベッドがあるホテルの部屋をとっておいて」

もしかして、その『いいもの』が僕のことなのか？　ホテルで発揮できる僕の特技と言えば……でも、まさかっ！

「私が言った意味、分かったようね。亜紀子《あきこ》は何回も週刊誌なんかで取り上げられてるから、失礼のないように、ちゃんとお勉強しておいて」

美和さんは副社長夫人の名前を呼び捨てにした。一体どんな間柄なのかが気になり、退社時間までネットで亜紀子夫人について調べた。ある写真週刊誌に掲載されている様々な画像を見ているうち、いつの間にかペニスの海綿体に血液が流入していた。

それは今から五年前、当時三十二歳の亜紀子夫人がひと回り近く年上の松永《まつなが》幸一と結婚した際のグラビア特集の画像だ。幸一は東大卒業後、旧財閥系総合商社に務めていたが、高木不動産のメインバンク頭取の紹介で亜紀子と見合いし、婚約すると同時に高木不動産に入社。結婚して婿養子となったときには、四十二歳の若さながらすでに取締役経営戦略本部本部長の要職に就《つ》いていた。

盛大な披露宴の写真に加えて、亜紀子夫人が大学のミス・キャンパスに選ばれたときの写真もあった。二十歳の亜紀子夫人はかなり布地の面積の小さいパッションオレンジ色のビキニを着て舞台に立ち、両脚を軽く開いて両手を腰に当てるポーズを取っている。

やや垂れ目ながら黒目がちな瞳、ツンと上を向いた鼻、乱れのない白い歯、上は薄く下はポッテリとした唇、シャープな線を描く顎は、アイドル歌手と言っても通用する可憐《かれん》さだ。

まだ成長過程にあるお椀型の乳房、くびれたウエスト、流麗なラインを描く柳腰、スラリと伸びた太もも、引き締まったふくらはぎ……肌はどこもかしこもほとんど純白に近く、北欧系のハーフのようだ。

最近の画像では、今年春の総理大臣主催の観桜会での姿が目を引いた。父親の耕太郎社長が総理に挨拶する隣で、ワンピースの上に丈の短い白いジャケットを羽織った亜紀子夫人が、和服を着た総理夫人と歓談している。

鮮やかなサファイアブルーのワンピースは、亜紀子夫人の身体のラインを忠実になぞり、二十歳から十七年間の熟成ぶりを物語る。

下世話な言葉で言えば、二回り以上も大きくなって真桑瓜《まくわうり》のようなズッシリとした量感を持つ乳房を見れば分かるように、亜紀子夫人の身体は熟れきっていた。しかも、下腹と腰回り、太ももに脂肪が付き、セックスに対する貪欲さを示している。

そして、その顔には、晴れやかな舞台に相応《ふさわ》しい名家の血筋からくる上品さと、身体の熟成に伴う妖艶《ようえん》さが同時に宿り、しかも、可憐な美少女の面影もどこかに残っている。そんな様々な美点が複雑に入り混じった近寄りがたい美貌と、熟れに熟れた媚肉のギャップが、男の股間を刺激せずにはおかない。

写真を見ているだけで、気がつくとペニスが勃起を始めていたのだ。

その亜紀子夫人が美和さんに欲求不満を訴え、美和さんが『いいもの』を持っていると答えた。その『いいもの』が僕だとしたら……改めてそう考えたとき、ペニスは完全に勃起し、さらに先走り汁まで垂れ流し始めた。

その一方で、そんなにおいしい話が転がっているわけがないと考える理性もまだ残っていた。しかし、現実は、そんな理性などいとも軽く、一瞬で吹き飛ばしてしまった。


その夜、僕は美和さんに連れられて約一万坪の日本庭園を見下ろす都心の高級ホテルのスイートスームを訪ね、わが社の高木耕太郎社長の令嬢にして高木幸一副社長の妻、亜紀子夫人と会った。

「いらっしゃい。もしかしてあなたが……美和先輩が言っていた『いいもの』なのかしら?」

ドアを開けて出迎えてくれた亜紀子夫人は、僕の頭の天辺《てっぺん》から爪先まで舐めるように観察し、声をかけてきた。僕が返答に窮《きゅう》していると、美和さんが代わりにうなずき、つかつかと中に入って行った。

僕がすぐに答えられなかったのは、その内容のせいもあるが、亜紀子夫人のあまりに扇情《せんじょう》的な姿に度肝を抜かれたことが大きかった。亜紀子夫人は頭にターバンのようにバスタオルを巻き、肩から腕が剥き出しの黒い膝丈のガウンを着ていた。光沢《こうたく》のある薄い布地は、恐らくシルクだろう。

「どうぞ、あなたもお入りになって。ごめんなさいね、こんな格好で。シャワーを浴びていたものだから」

「いえ。あ、ありがとうございます。岡崎といいます」

僕は相変わらず、まともに返事ができず、しどろもどろになった。何しろ、亜紀子夫人が身にまとっているガウンは、胸のカップ部分を肩紐《かたひも》で吊《つる》すタイプで、ガウンというよりスリップとかキャミソールに近い。観桜会の写真の通り、たわわに実った乳房は、カップから今にもこぼれ落ちそうだ。おまけに、乳首が薄い布地を突き上げているため、ノーブラだと分かった。

副社長夫人である美しい人妻の半裸の肉体が、いきなり目と鼻の先に現れたのだ。物怖じしないという自信など、軽く吹き飛んでしまった。

リビングにつながる廊下を歩いて行く姿もエロすぎた。背中のほとんどが露わなデザインで、肩甲骨《けんこうこつ》はバスタオルの端に隠れて見えないが、尻山の割れ目の上端まで覗いている。豊満な尻山は辛うじてその重量に耐え、見事な盛り上がりを保っている。尻山の谷間も深そうだ。

しかも、右脚を踏み出すごとに切れ込みの深いスリットが割れ、ムッチリとした太ももから、張り出しの見事な腰骨の上までが晒される。それでもパンティーがまったく見えないのは、ノーパンだからに違いない。

あの薄布の下には何も身に着けていないのだと思うと、ペニスの海綿体にドクドクと血液が流入した。

その華奢《きゃしゃ》な足には踵の高いミュールを履《は》いており、歩きに伴ってアキレス腱からふくらはぎにかけての筋肉の収縮と弛緩《しかん》が繰り返される。

あの足で足コキされたら……どんなに気持ちいいんだろうか？　そう考えただけで、半勃ち状態だったペニスは、完全に勃起した。でも、今夜は、勃起ペニスを隠す必要はなさそうなので楽だ。

それにしても、自分の父親が社長を、夫が副社長を務める会社の社員に対して半裸の姿を晒し、恥ずかしがる様子もないのは、羞恥心の欠如からなのか。あるいは、生まれながらにセレブの亜紀子夫人にとって、自社の社員などペットと同じような存在なのかもしれない。ペットに裸を見られて恥ずかしがる飼い主はいない。

　亜紀子夫人は、僕を人と見てはいないということだ。そう思うと、メラメラと闘志が湧いてきた。今夜は絶対に、亜紀子夫人の膣穴でも尻穴でも責め立てて、完膚《かんぷ》なきまでにイカせまくってやる。

　左右にクイッ、クイッと揺れる亜紀子夫人の豊満な尻山を眺めながら後をついてリビングに入ると、美和さんはすでにブラジャーとパンティーだけの姿になっていた。

「あなた、私達もシャワーを浴びましょ。早く来てね」

　美和さんはブラジャーとパンティーを無造作に脱ぎ捨て、足早にバスルームに向かう。あまりの展開の速さに気おされ、僕の闘志は空回りだ。僕は、大急ぎで衣服も下着も脱ぎ、美和さんの後を追う。

　十畳ほどのバスルームには、手前にシャワーブース、奥に広い洗い場と大きな浴槽がある。シャワーブースで全裸になって待ち構えていた美和さんが、いきなり僕のペニスを握ってきた。

「亜紀子の完熟ボディー、気に入ったようね。オチ×チンが……もうこんなに大

ろだわ」

「謝ることはないわ。逆に、勃ってもらわなきゃ、私の面目、丸潰れになるところだわ」

「す、すみません」

美和さんはボディーソープを両手に取ると、僕の背中に乳房を押しつけ、両腕を前に回して勃起ペニスを握り、亀頭の先から肉茎、睾丸、肛門の窄まりまでを満遍《まんべん》なく洗ってくれる。

「あぁっ、やっぱり美和さんの手コキ……最高だっ!」

僕は壁に両手を突いて天井を仰ぎ、美和さんの手コキを堪能する。

と、美和さんの手の動きが止まり、新たな刺激が加わった。見ると、全裸の亜紀子夫人が足元にひざまずき、勃起ペニスの大きさを確かめるように、亀頭や肉茎を愛撫しているではないか。

頭に巻いていたバスタオルを取り去り、セミロングの栗色の髪をシニョンにまとめているので、余計に若く見える。熟れきった身体を別にすれば、そのあどけない笑顔は、ミス・キャンパスに選ばれたときの亜紀子夫人に似て、二十歳そこそこにしか見えない。

だが、たわわに実った乳房の頂点にある乳首は、熟れた肉体にふさわしく、大きさも色も大ぶりのブドウのようだ。乳輪はほとんど見えない。

そんな少女と熟女が同居しているような亜紀子夫人だが、亀頭を撫でる手のひらも、肉茎に回された指も、マシュマロのように柔らかい。爪には、桜貝のような光沢も鮮やかなマニキュアが施されている。恐らく生まれてこの方、炊事や洗濯などの家事をしたことなど一度もないに違いない。

しかし、勃起ペニスの扱い方は熟練の域に達している。年の離れた夫のペニスをこうして励ましているのだろうか。

「ふ、副社長夫人……その手、気持ちよすぎます」

「副社長夫人はやめて。名前で呼んでちょうだい」

「分かりました。あ、亜紀子さんと呼んでいいですか？」

亜紀子夫人はニッコリと微笑み、手のひらに力を込めて亀頭をスリッ、スリッとこねる。これがまた、思わず腰を引いてしまいそうになるほどの快感だ。どうやら僕の勃起ペニスはお眼鏡《めがね》にかなったようだ。

「それにしても、美和先輩が自慢するだけのことはあるわ。美和先輩はこんなに大きくて硬いオチ×チンを毎日いただいてるの？」

勃起ペニスは亜紀子夫人にゆだね、美和さんは睾丸の揉み込みと肛門の窄まりを嬲ることに専念している。

「硬さや大きさだけじゃないわ。一晩に何度だってできる絶倫なんだから」

「このオチ×チンのおかげで、美和先輩は妖艶さに磨きがかかったというわけね。もう、美和先輩ったら、このオチ×チンに夢中になって、亜紀子のことを忘れていたんだわっ！　憎らしいっ！」

「いたたたたっ！　い、いきなりツネるなんて……」

亜紀子夫人が突然、亀頭をグイッとツネった。

「ご、ごめんなさいね、亜紀子。ずっと全国をあちこち飛び回っていたものだから……」

亜紀子夫人が僕に謝るより先に、美和さんがなぜ亜紀子夫人に謝るんだ？　何だか、雲行きが怪しくなってきたぞ。

もしかして、この二人はレズなのか？

「いいわ。これからたっぷりと埋め合わせをしてもらうから。手始めに、これをしゃぶらせていただくわ」

亜紀子夫人は、まるで美和さん愛用のディルドでも借りるかのような口調で言い放つと、勃起ペニスの泡をシャワーで流し、いきなり遠慮会釈《えんりょえしゃく》のないフェラチオを仕掛けてきた。

アイドル歌手に似た面影を残す美しい顔が僕の下腹に密着し、勃起ペニスが丸呑みされた。痛いほどツネられたばかりの亀頭が喉奥のスベスベの粘膜に包まれる。

「おおおっ！　あ、亜紀子さん、いきなりディープスロートなんてっ！」

「あなた、さっきから、いきなり、いきなりって連発してるけど、亜紀子はお嬢様だから、思ったことは何でもすぐにしないと気が済まないの。だから、いちいち驚いていたら、切りがないわよ」

いつの間にか背後に立っていた美和さんが耳元でささやき、口づけする。こちらもディープなキスだ。一介の平社員の僕が高級ホテルのバスルームで、上司である美熟女キャリアウーマンに口づけされながら、美貌の副社長夫人にフェラチオされるなんて、驚くなという方が無理だ。

そんなシチュエーションだけでも即射精ものなのに、パンパンに膨らんだ亀頭を喉奥の粘膜に嬲られる気持ちのよさといったら……。

「亜紀子って、顔に似合わずディープスロートが上手でしょ？　亜紀子は私たちの大学で英文学を教えていたアメリカ人の助教授と付き合っていて、その先生に教えられたのよ」

「ええっ？　ミス・キャンパスだった亜紀子さんが……」

アナルセックス大国からやって来た恋人がいたということは、もしかしたらすでにアナル処女は喪失してしまったのか？

「だけど、その男、付き合い始めてすぐに帰国することになって、亜紀子は失恋しちゃったというわけ」

そうか。それなら、亜希子夫人はまだアナル処女かもしれない。

「それで、テニス同好会の先輩だった私が、その男のオチ×チンと同じぐらいの大きさの極太ディルドで慰めてあげたってわけ。分かった？」

二人はなんとバイセクシュアル、両刀遣いだったのだ。そう言えば、初めて本社の応接室でセックスしたとき、美和さんは若いＯＬをレズテクで手なずけてあると言っていた。

「分かりました。お二人はそういう関係だったんですね」

僕と美和さんの会話を聞いていた亜紀子夫人が、勃起ペニスのもてなしをディープスロートからしなやかな指での手コキに換え、目に淫蕩《いんとう》の光を宿して見上げる。

「岡崎さんだったわね？　あなたのオチ×チン、ジョージのよりも大きくて硬くて……とっても素敵っ！」

「じゃあ、そろそろオマ×コに欲しくなったんじゃないの？」

「美和先輩、いいの？」

「そのために岡崎くんを連れてきたのよ。私も岡崎くんも明日は休みだから、今夜は３Ｐでとことん楽しみましょ」

「うれしいっ！　主人には、今夜は美和先輩とパーティーで一緒だから帰らないかもって言ってあるの。だから、私も朝までだってＯＫよ」

「じゃあ、決まりね。あなた、ここの床に寝てちょうだい」

僕の意向は聞かれもしなかったが、美熟女二人が相手なら、異存があるはずがない。二人のアナル比べもできるかもしれない。言われた通り浴室の床に仰向けに寝ると、背中に床暖房の心地よい温かさを感じた。

「岡崎さん、上に乗らせていただくわね」

亜紀子夫人は僕の腰を跨いで勃起ペニスを握り直し、パンパンに膨らんだ亀頭を小陰唇にしゃぶらせる。

頭を上げて亜紀子夫人の股間を見ると、パックリと開いた大陰唇も大きくほころび出ている小陰唇もかなり色素沈着が進み、肌が北欧系のハーフのように白いだけに、余計に色づいて見える。外見はどこからどうみても非の打ちどころのない気品あるセレブであっても、生殖器官の佇まいだけは如何ともしがたいのだろう。

しかし、充血して満開の花のように開いた小陰唇の内側の粘膜は、鮮やかな紅色をしており、左右対称に緻密なヒダヒダが刻まれている。膣穴から渾々《こんこん》と湧き出る蜜液に濡れそぼつ小陰唇の粘膜は、雨に濡れて褐色《かっしょく》の谷間に咲くシャクヤクのようだ。満開の花びらから、蜜液がしたたっている。

「亜紀子さん、亀頭全体が、亜紀子さんのビラビラに優しく包まれているような感じです」

「これよっ！　この感触よっ！　岡崎さんの大きな亀頭が小陰唇のビラビラ全体をこすってるわ」

亜紀子さんは勃起ペニスを膣口に押し当て、ゆっくりと腰を下ろしてくる。僕は目を閉じて、美しいセレブ人妻の膣穴挿入の感触を味わう。

「はうっ！　お、岡崎さんのオチ×チンに……オマ×コが押し広げられているわ。こ、こんな感じも……久しぶりよ」

「ご主人の幸一さんのオチ×チンは……それほど大きくないの？」

目を開けると、美和さんが亜紀子夫人と向かい合い、僕の顔を跨いで立っていた。満開に咲いた大輪の牡丹《ぼたん》の花のように、パックリと口を開けた美和さんの小陰唇が真上にある。

「うちの主人のと岡崎さんのとでは、全然比べものにならないわ」

「じゃあ、好きなだけ堪能して、そのオチ×チン」

僕のペニスなのに、まるで自分のもののような言いようだ。

「美和先輩、ありがとう。そうさせていただくわ」

亜紀子夫人も、僕にではなく、美和さんに礼を言って腰をさらに下ろす。亀頭が締めつけの厳しい膣口を通過すると、あとは一気呵成だった。

ズズズズズッ！

パンパンに膨らんだ亀頭が、亜紀子夫人の膣洞を無理矢理に押し広げながら進み、下腹が亜紀子夫人の肉づきのいい尻山に密着した。

「す、すごい破壊力だわっ！　こんなにオマ×コの奥までが目いっぱい広げられたの、久しぶり……いいえ、初めてよ。ジョージのオチ×チンも、これほどではなかったわっ！」

外国人のペニスよりすごいと言われて、日本男児として悪い気はしない。

「あ、亜紀子さんのオマ×コも……すごく気持ちいいです。オマ×コの粘膜の表面にイクラのようなツブツブがビッシリと貼りついていて、その粘膜がまったりと絡みついてくる感じです」

『カズノコ天井』があるんだから、『イクラ天井』の名器があってもおかしくはないだろう。

亜紀子夫人は目を閉じ、勃起ペニスの先っぽから根元まで味わうように、ゆっくりと腰を前後にしゃくっている。

「じゃあ、私のオマ×コはどうなの？」

美和さんが僕の顔を跨いで立ったまま尋ねてきた。もう何度もセックスを重ねてきて、亀頭が子宮口に届いた途端に豹変する膣穴の高性能ぶりは、美和さん自身もよく知っている。なのに尋ねるのは、自分の膣穴が亜紀子夫人の膣穴に負けていないことをひけらかしたいのだろう。

「美和……室長のオマ×コは……」

「亜紀子の前では、名前で呼んでいいわ」

「美和さんのオマ×コは、亀頭が膣穴の一番奥にある子宮口に触れると、オマ×コ周辺のインナーマッスルにスイッチが入り、男殺しの名器に変身するんです。何本もの小さな手で手コキされている感じです」

美和さんの膣穴は、亀頭が子宮口に触れるまではゆるいのだが、それは口が裂けても言えない。切羽詰まった亜紀子夫人の一言が助け船になった。

「はうんっ！　オマ×コ比べはもういいわ。私、このままじゃあ、蛇の生殺しよ。

美和先輩も一緒に楽しみましょ」

「そうね。久しぶりだものね。そうしましょ」

美和さんの返事が聞こえたときには、目の間にパックリ開いた美和さんの大陰唇とほころび出た小陰唇が迫っていた。身構える間もなく、僕の顔は美和さんの大陰唇にはまり込み、口が小陰唇で覆われた。

「うぐっ！」

美和さんの全体重が僕の顔面に載せられ、呼吸さえも困難な遠慮会釈のない顔面騎乗に、僕は声にならない唸り声を上げた。

「ああんっ、久しぶりのお姉さまの唇、なんて甘いの」

呼び方が美和先輩からお姉さまに変わった。

「亜紀子のオッパイ、また一段と大きくなったみたい」

「いやんっ。太ったって言いたいんでしょ？　主人は仕事一辺倒だし、お姉さまがちっとも相手にしてくれないから……欲求不満太りよ」

二人が何をしているか見ることはできないが、二人は僕の顔と腰の上に向かい合って跨り、キスをしたり乳房をいじり合ったりしているらしい。亜紀子夫人の身体はそれを喜び、膣口は挿入された勃起ペニスの根元をキュッ、キュッと締めつけ、ツブ立ちのいい膣粘膜が亀頭を絞り上げてくる。

副社長は亜紀子夫人の絶品ディープスロートやマシュマロのような手コキ、イクラ天井名器の膣穴よりも仕事を選ぶとは、なんともったいないことを。だが、そのおかげで今、こうして夫人とセックスに及んでいるのだから、副社長には感謝しなければならない。

「あなた、唇も舌も動いていないわよ」

美和さんが顔面騎乗した腰を揺すり、クンニリングスを催促してきた。僕はまるで、二人が快楽を貪るためのディルドやクンニマシン扱いだ。

しかし、相手は美熟女上司と美貌の副社長夫人だ。平社員の僕に逆らえるわけがないし、そのつもりもない。勃起ペニスをまったりともてなしてくれている亜紀子夫人の膣穴はもちろん、顔面に覆い被《かぶ》さっている美和さんの大陰唇と小陰唇も、アワビと生ガキとホヤをミックスしたような美味で、無上の快感、快楽をもたらしてくれている。

僕は美和さんの垂れ下がった小陰唇を口に含んでしゃぶり、舌先でクリトリスを探りだした。歯列を使って陰核包皮を剥き下ろし、根まで剥き出しにしたクリトリスに唇を被せると、強く吸引しながら陰核粘膜を舌で撫で上げ、舐め下ろす。

「あああああんっ！　やっぱりあなたのクンニ、最高だわっ！」

本来なら、美熟女上司にほめられるのはうれしいはずだが、呼吸すらままならない状況では、素直には喜べない。

僕の顔に全体重を乗せて座る美和さんと、僕の腰に跨って膣穴に勃起ペニスを挿入している亜紀子夫人は、お互いに上体を前傾させて口づけを交わし、尻をもじもじさせさせながら、くぐもった喘ぎ声を上げている。僕はまるで、二人のレズプレーの快感を高めるオナニー器具扱いだ。

そこまで僕をコケにするなら、こちらにも意地がある。やはり、何としても今夜のうちに亜紀子夫人のアナル処女をいただくのだ。仮にアナル処女ではなくでも、セレブな人妻の肛門括約筋と直腸粘膜の味見をし、潮を噴かせやろうと決意を新たにした。

僕は両手を亜紀子夫人の尻に回し。左手で尻山を割り広げ、右手の中指の腹を肛門の窄まりに押し当てた。

「お、岡崎さん、指がお尻の穴に、あ、当たってるわ。くすぐったいっ！」

「亜紀子、やっぱりアナルセックスを知らないのね？　ジョージは教えてくれなかったの？」

「そ、そんな変態なこと、ジョージはしなかったわ」

やったっ！　亜紀子夫人はアナル処女だっ！

「お姉さまは……し、したことあるの？」

「この岡崎くんが、教えてくれたの。アナル絶頂って、すごい快感よ。今ではオマ×コでするよりも気持ちいいぐらいだわ」

「ほ、本当に……そんなに気持ちいいの？」

亜紀子夫人がその気になってきた証拠に、亜紀子夫人の肛門の窄まりがヒクつき、中指の腹に吸いつくような動きを見せる。窄まりは正直だ。

「今晩、試してみればいいわ。岡崎くんもそのつもりのはずよ。でしょ？」

顔面騎乗されていて、返事ができるわけがない。返事の代わりに、屹立《きつりつ》している美和さんのクリトリスの根元を甘噛みする。

「はうっ！　岡崎くんは……いいって言ってるわ」

「分かったわ。アナルセックスも……お願いします。で、でも、ああんっ、亜紀子、もう……我慢できないわ。アナルセックスの前に、岡崎さんのチ×ポで……オ、オマ×コでもイカせてくださいっ！　お、お姉さま、一緒にイキましょ！」

「岡崎くんは一晩に五回や六回は軽くこなせるから、大丈夫。そのままオマ×コでイクといいわ」

「ありがとう。お、お姉さまも一緒に……」

「私は取りあえず……岡崎くんの顔でイクわ。その後で、亜紀子がお尻の穴で死ぬほど気持ちよくイケるように、手伝ってあげるわ」

「二人がかりで……死ぬほど気持ちよくされたら……亜紀子、本当に死んじゃうかもしれないわっ！」

またも勝手な取り決めが行われ、いきなり亜紀子夫人が腰の動きを再開する。

肉づきのいい尻山を僕の下腹に押しつける力も、前後のしゃくり運動のスピードも、さっきとは比べものにならない。絶頂への猛烈なラストスパートがいきなり始まった。

美和さんも亜紀子夫人のスパートを追いかけるように、顔面騎乗した尻に全体重を乗せ、激しく腰をグラインドさせる。僕の顔はまるでグレープフルーツを搾る道具のように美和さんの蜜液を搾り出し、たちまち蜜液まみれになった。

亜紀子夫人が尻山を僕の下腹に押しつけているため、勃起ペニスはそれだけ深く膣穴に進入し、亀頭の先端が子宮口に達した。

「な、な、何なの、これっ？　オマ×コの奥の奥が……グリグリされてるわっ！」

「岡崎くんの先っぽが、子宮口を嬲ってるのよ。それもすごい快感でしょ？」

美和さんが腰の動きを緩めることなく、その凄《すさ》まじい快感を知っている先輩として説明してやる。

「こ、こ、こんなの……初めてよっ！　すごいっ！　すごすぎるわっ！」

亀頭による子宮口嬲りは、女性に快感をもたらすだけではない。コリコリとした子宮口にしゃぶられる亀頭にも、この世のものとは思えないほど気持ちよい刺激を与えるのだ。

ただでさえ、亜紀子夫人の膣粘膜は『イクラ天井』の名器で、入り口の括約筋の締めつけも厳しい。おまけに、顔面には美和さんの豊満な尻がズッシリと乗せられ、強烈な淫臭と蜜液を振りまく生殖器官が、ベリーダンスのような高速で鼻と口にこすりつけられている。

どんなに荒行を積んだ修行者であっても、こんな淫靡な快感には耐えられないだろう。下腹の奥で、熱い塊が今にも爆発しそうだ。

「おおおっ！　亜紀子さん、美和さん、もうイキそうですっ！」

僕は美和さんの生殖器官の中に向かって、声にならない叫び声を上げた。それが亜紀子夫人に通じたのか、夫人の腰の動きが一層慌ただしくなり、膣穴に痙攣が走る。

「イクッ！　イクッ！　岡崎さんのチ×ポでイクッ！」

亜紀子夫人は怪鳥のような雄叫びを上げると同時に、これ以上の快感には耐えられないというように、いきなり膝立ちして腰を持ち上げ、痙攣する膣穴から勃起ペニスを引き抜いた。次の瞬間だった。

僕の下半身を亜紀子夫人の膣穴から噴射された生温い液体が直撃するのと同時に、美和さんもグイッと腰を持ち上げ、僕の顔面に至近距離からイキ潮を噴射する。

も、もはや、これまでだっ！

僕は、美和さんのイキ潮が口の中を直撃するのも構わず絶叫する。

「イクっ！　亜紀子さんのオマ×コと、美和さんのイキ潮顔射で……イクッ！」

下腹の奥で爆発した熱い塊が尿道を一気に駆け抜け、手も触れていないのに亀頭の先端から白い奔流となって空中に勢いよく噴き上がった。白い奔流は何度も噴き上がり、抱き合ったまま横倒しになった美和さんと亜紀子夫人の身体にビタビタと降りかかる。

女上司と副社長夫人、二人の美熟女のイキ潮を同時に浴びながらの射精は、まさに会心の射精だった。

だが、これで満足してはいられない。僕は立ち上がり、自分たちが噴いたイキ潮と僕がしぶかせた精液にまみれて身悶えている二人を見下ろす。激しかった闘いの末に手に入れた新たな戦利品を値踏みしている自分に気がついた。

それは、僕にとってはどんな金銀財宝にも勝る戦利品だ。今夜はその裏の処女までいただくと思うと、まだ鈴口から吐き残った精液が垂れているペニスに早くも血液が流入する。

「亜紀子さんのお尻の穴、舐めさせてもらいます」

僕は返事を待たず、美和さんの腕から亜紀子夫人を引き剥がしてうつ伏せにし、腰をつかんでグイッと引き上げる。これまで僕の意思など確かめもしないで、二人で勝手に決めてきたのだ。今さら嫌だとは言わせない。

目と鼻の先に迫る亜紀子夫人の股間からは、生暖かく湿った空気とともに、蜜液とイキ潮が混ざった強烈な淫臭が立ち昇る。

夢うつつの状態の亜紀子夫人は、されるがままに膝を突いて四つん這いになり、丸々と肉づきのいい尻を高々と掲げている。染み一つない背中からウエスト、柳腰にかけての曲線のエロチックな美しさといったら……若いころに比べて少し贅《ぜい》肉《にく》が付いたとはいえ、亜紀子夫人の身体は後背位でのセックスのためにあるようにさえ思えてくる。

亜紀子夫人のような美熟女がまとう贅肉は、その美しさとエロさを増しこそすれ、減じることはないのだ。

尻山の深い谷間の奥を見たいという僕のそんな思いが通じたのか、亜紀子夫人は自ら両膝を大きく開き、洪水に見舞われたような惨状を呈《てい》する谷底を僕の目に晒す。意識朦朧《もうろう》としていることで、逆に無意識のうちにアナルセックスへの好奇心、未知の快楽への渇望《かつぼう》が行動に表れているのかもしれない。

正面の壁にはめ込まれた鏡に映る亜紀子夫人の顔は、眼下に見える淫蕩の極致のような陰裂の景色とは対称的だ。溜まりに溜まった欲求不満の澱《おり》をすべて吐き出した亜紀子夫人は、無意識の内にその美しい顔に天女のような穏やかで優しい笑みを浮かべている。

さっきは美和さんに顔面騎乗されて亜紀子夫人のイキ顔を見ることができなかった。その美しい顔が、アナルセックスの快感でどんな風に歪むのか……それを見るのが今から楽しみだ。

アナルセックスの経験がない女性は、自分の尻穴が誰かに見られるなどと考えたこともないのではないか。また、たとえ後背位でのセックス経験があっても、男があえて指摘しない限り、自分の肛門の色や形、まして匂いや味がどうかを気にする女性もいないだろう。

だが、僕のようなアナルフェチには、美しい熟女や人妻の容姿を鑑賞しながら、肛門の窄まりの色や形、匂いや味に思いをはせることが、密かな楽しみになっている。今のように、実際に肛門の窄まりを間近で鑑賞し、匂いを嗅ぎ、味を堪能するのは、この上ない喜びだ。

当たり前だが、肛門の窄まりを晒す女性の容姿が美しければ美しいほど、高貴な存在であればあるほど、喜びは大きく、そして深くなる。

亜紀子夫人は美しさにおいても、高貴さにおいても最上級の女性だ。僕と美和さんとの出会いに加えて、美和さんと亜紀子夫人のレズ関係がなければ、僕などは一生、言葉を交わすことはもちろん、その姿をじかに見ることもなかっただろう。

そんな亜紀子夫人が今、僕の足元で盛り上がりの見事な純白の尻を突き出し、尻山の間の深い谷間を見せている。その深い谷間に吸い寄せられるようにひざまくと、僕の顔は亜紀子夫人の股間から放たれる強烈な淫臭を帯びた生暖かい空気に包まれる。

毛穴一つ見えないまで完璧に脱毛処理された一帯は、陰裂と同様に色素沈着が進んでいる。褐色の谷間の中心にある肛門の窄まりは、とりわけ色濃く染まり、蜜液に濡れそぼって黒光りさえしている。

それを見た僕は、頭がクラクラするほどの感激に浸る。高貴で美しい熟女の股間を黒々と彩る生殖器官や排泄器官は、高貴さや外見の美しさとのギャップが大きいだけに、喜びや楽しみを増加させるものだ。

アイドル歌手のように可憐な面影を残す亜紀子夫人のようなセレブな美しい人妻の中にも、驚くほど色の濃い生殖器官や排泄器官の持ち主がいるものらしい。神様が、セレブでもなく、美しくもない女性との間で、バランスを取っているのかもしれない。

亜紀子夫人の肛門は、黒々とした窄まりに刻みの深いシワが放射状に並び、まるで黒い小菊だ。

僕の経験では、窄まりのシワの刻みの深さは、勃起ペニスを迎え入れる際の肛門括約筋の柔軟性に大いに関係がある。一方、シワの緻密さは、肛門の奥の直腸粘膜のヒダヒダの緻密さにつながる。

その証拠に、美和さんは放射状に並ぶシワの緻密さもシワの一本一本の刻みの深さも最高の窄まりを持ち、その肛門括約筋は、緩急も強弱も自在に勃起ペニスを締め上げ、直腸粘膜には入り口から奥に向かって無数のヒダヒダが並ぶ。まるでミミズ千匹のアナル名器だ。

試しに亜紀子夫人の尻山に両手をかけ、褐色の谷間を割り開いていくと、肛門の窄まりも左右に引っ張られ、ヒクつきながら黒いおちょぼ口をわずかに開く柔軟性がある。

亜紀子夫人の肛門括約筋は、勃起ペニスをまったりと、しかし、時に厳しくもてなしてくれるアナル名器に違いない。

僕ははやる気持ちを抑えられなくなった。目の前の豊かな尻山を極限まで割り開き、黒いおちょぼ口に唇を重ねる。

「だ、駄目よっ！　そ、そんなところにキスするなんて……」

だが、持ち主の拒絶とは裏腹に、肛門の窄まりはおちょぼ口をさらに開き、新たな刺激を要求する。僕は、窄まりが外側にめくれ返るほど強く吸引し、刻みの深いシワの一本一本を舌先で舐め広げる。

「お、およしになってっ！　ひ、ひどいっ！　駄目だって言ってるのにっ！　で、でも、変よ……お尻の穴が……だんだん熱くなってきたわっ！」

初めてのアナルキスの衝撃が弱まると、亜紀子夫人は大人しく肛門の窄まりを吸われ、舐められるに任せるようになった。それとともに、窄まりのヒクつきが大きくなり、舌先に口づけするような動きを見せる。

最後に窄まりをひと際《きわ》激しく吸引し、亜紀子夫人をひと泣きさせると、尻山の谷間から顔を上げた。

「まあ、亜紀子のお尻の穴、真っ黒じゃないのっ！」

「ひいいいっ！」

脇で潤滑ローションのボトルを手に待ち構えていた美和さんが突然、素《す》っ頓狂《とんきょう》な声を上げ、その声に亜紀子夫人は絹を裂くような悲鳴で応えたのだ。

アナル舐めによる夢見心地から覚めた亜紀子夫人に、美和さんがさらに追い打ちをかける。

「亜紀子、あなたのオマ×コの色が濃いのは知ってたけど……あなたのお尻の穴がこんなに黒いなんて、全然気がつかなかったわ」

「や、やめてっ、お姉さまっ！　で、でも……お、岡崎さん、私のお尻の穴って、そんなに黒いの？！」

亜紀子夫人は訴えるような目で僕を振り返り、「違いますよ」という返事を待っている。

「亜紀子さんの尻穴、セレブに似合わず、僕がこれまでに見た中で一番真っ黒です。でも、僕は黒々とした窄まりも、エッチっぽくて好きですよ」

「い、一番真っ黒で……エッチっぽいだなんて、よくも……はううんっ！」

美和さんが亜紀子夫人の尻穴に潤滑ローションを垂らすと同時に、右手の中指を深々と挿入したのだ。

「お、お姉さま、な、なんていうことを！」

「言ったでしょ。亜紀子がお尻の穴で死ぬほど気持ちよくイケるように、手伝ってあげるって。今、そうしてあげてるのよ」

美和さんはさらにローションを垂らし、挿入した中指にひねりを加えながら抜き挿しする。

「な、何をなさるのっ！　そんなに乱暴にされたら……」

ここでも持ち主の狼狽《ろうばい》ぶりとは裏腹に、刻みの深い窄まりは指の抜き挿しに柔軟に対応し、侵入者に口づけするような素振りさえ見せる。

「あら、亜紀子ったら、口では文句を言ってるけど、あなたのお尻の穴、私の指をじんわり噛み締めてきてるわよ。それに、お尻の穴からヌルヌルのお汁も出てきて、ローションなしでも滑りがよくなったわ」

確かに美和さんの中指は、抜き挿しされるごとに直腸から分泌された粘液にまみれ、妖しくヌメっていく。

「窄まりのもてなし方といい、直腸から出るお汁の多さといい、亜紀子のお尻の穴が高性能のアナルセックスマシーンだっていう証明よ」

「そ、そうなの？　岡崎さん、私のお尻の穴って、本当に……そんなに性能が良さそうなの？」

亜紀子夫人の反応からは、ついさっきまで見えていたアナルセックスへの恐怖や拒絶の色が消え、明らかに興味、好奇心が勝っている。

「はい。僕が経験した肛門の中でも、性能はかなり良さそうです」

「美和お姉さまよりも？」

仲のよい先輩後輩でありレズ同士でも、ライバル心は消えないらしい。

美和さんの肉厚で盛り上がった肛門の窄まりは、シワの緻密さにおいては亜紀子夫人のそれを凌駕《りょうが》し、シワの刻みの深さにおいても亜紀子夫人のそれに勝るとも劣らない。つまり、アナルセックスの性器としての美和さんの肛門の窄まりは、外見で見る限り、亜紀子夫人の窄まりよりも一枚も二枚も上手ということだ。

だが、雲上人である副社長夫人に、正直に本当のことを言えるわけがない。すると、亜紀子夫人の窄まりへの抜き挿しを続けながら、美和さんが助け船を出してくれた。

「そんなに自分のアナル性能を知りたければ、岡崎くんにさっさと試してもらえばいいのよ。でもね、あまりにも気持ちがよくなって、そんなことを気にする余裕なんて、お潮と一緒に噴き飛んじゃうわよ」

美和さんは根元まで深々と挿入した中指を円を描くように回して窄まりのほぐれ具合を確かめ、ゆっくりと引き抜いた。窄まりが別れを惜しむように指に吸いついてくる。亜紀子夫人の肛門から流れ出た直腸粘液は、美和さんの中指だけでなく、中指の根元から手のひらまでベットリと濡らしている。

丹念にほぐされた肛門の窄まりは、美和さんの中指の太さに口を開き、暗赤色の直腸粘膜を覗かせる。

「もう十分に柔らかくなったわ。それに、これだけネットリとアナル汁が出ていれば、潤滑ローションも必要ないわね」

美和さんは、指や手のひらに付いた亜紀子夫人の直腸粘液を、僕の勃起ペニスに塗りたくる。美しい女上司のしなやかな手で、美貌の副社長夫人の直腸粘液がローション代わりに僕の勃起ペニスに塗り込められる。それだけでも倒錯したエロスの極致なのに、この後で副社長夫人のアナル処女までいただくなんて、ほかの社員が知ったら腰を抜かすに違いない。もしも亜紀子夫人の夫である副社長や、実の父親である社長にバレたら……なんて恐ろしいことは考えないようにした。

美和さんは右手で僕の勃起ペニスを握り、その先端を亜紀子夫人の肛門の窄まりに押しつける。亀頭の先端に亜紀子夫人の窄まりの熱気を感じた。美和さんは左手を亜紀子夫人の下腹に入れ、指先で何かをこねるような動きを見せている。

「お、お姉さまっ！　こんなときに……ク、クリトリスをいじるなんて……」

美和さんは絶妙なタイミングで、亜紀子夫人の意識が肛門の窄まりに向かうのを防いでくれたのだ。

「岡崎くん、今よ！」

美和さんの合図を待つまでもなく、すでにパンパンに膨らんだ亀頭の先端に体重を載せている。刻みの深いシワが徐々に広がり、肛門の窄まりは思った通りの柔軟性を発揮する。そして、亀頭の最も太い部分と同じ大きさの黒い肉のリングとなるまで伸びきったときだった。

ズボッ！

異物の侵入を阻んでいた肛門括約筋の圧力が不意に消え、亀頭が完全に尻穴に没した。亜紀子夫人は四つん這いの姿勢を維持したまま、背中を丸めて頭を下げ、衝撃を受け止める。

「は、は、は、入ったのね、岡崎さんのオチ×チン！」

「はい。まだ先っぽだけですけど、ちゃんと入りました。裂けてないし、血も出ていません」

美和さんは亜紀子夫人のクリトリスを嬲るのも忘れ、僕と亜紀子夫人の結合部分を興味しんしん、覗き込んでくる。

「アナルセックスでつながってるところ、初めて見たけど、人間のお尻の穴って、こんなに広がるものなのね。窄まりのシワが完全に伸びきって、黒い輪っかになっちゃってるわ」

その肛門括約筋の締めつけは、最高のアナル性能を持つ美和さんのそれに匹敵する厳しさだ。

「くううっ！　亜紀子さんの尻穴、い、入り口は美和さんと同じぐらい……すごい締めつけで、ギロチンのように、亀頭がちょん切られてしまいそうです」

僕はそれから逃れるため、亀頭の先にさらに体重を乗せ、勃起ペニスをじっくりと埋める。大栗のような亀頭が、狭隘《きょうあい》な直腸粘膜を押し広げながらゆっくりと進んでいく。

「亜紀子、どう？　痛くはないでしょ？」

美和さんがすっかり伸びきって黒いリングとなった窄まりを、物珍しそうに指先で触りながら尋ねた。

「い、痛くはないけど……太いスリコギで内臓を突き上げられているようで、ものすごい圧迫感だわっ！」

亜紀子夫人はさらに背中を丸めて頭を下げ、肛門と直腸を襲う苦痛をやり過ごそうとしている。だが、夫人の苦痛をよそに、排泄器官はよく躾《しつ》けられた召使いのように、初めての侵入者をもてなそうと、直腸粘膜をまったりと絡みつかせてくる。

　そして、その直腸粘膜に、とんでもなく素晴らしい特徴があることに気づいた。なんと、膣粘膜とおなじように、イクラ大のツブツブがビッシリと貼り付いているのだ。

　膣穴だけでなく、直腸までも『イクラ天井』の名器だったとは！　亀頭でそのツブツブを押し潰すように奥へ奥へと進む。

「あ、亜紀子さんの直腸には……オマ×コと同じようにイクラみたいなツブツブがいっぱいあって、め、めちゃくちゃ気持ちいいです」

「い、今、そんなことを言われても……私は、く、苦しいだけだわっ！」

　さらに奥へと亀頭を進め、ついに僕の下腹が亜紀子夫人の尻山に密着した。ツブ立ちの素晴らしい直腸粘膜が勃起ペニス全体にまとわりつき、亜紀子夫人の荒い呼吸に同調して肛門括約筋が根元を締め上げる。

　僕は動きをとめ、亜紀子夫人の丸まった背中に覆いかぶさった。染み一つない白い背中が、汗でヌメっている。背中に貼りついた髪の毛を払ってやると、亜紀子夫人が、懸命に笑顔を作りながら振り向いた。

「岡崎さん、しばらくの間、そのままじっとしていて。お尻全体がじんわりと温まってきて、だんだん気持ちよくなってきたの」

「分かりました。動いていいと言われるまで、じっとしています」

直腸粘膜の真綿のようなまとわりつきと、肛門括約筋の生ゴムのような収縮を堪能するのも悪くない。

「何よっ！　二人でまったりしちゃってっ！」

亜紀子夫人の排泄器官のもてなしぶりを味わっていると、いきなり耳元で美和さんの声がした。

「私もいるのを忘れていないでね」

そう言うと、美和さんは左手をもう一度、亜紀子夫人の下腹に、右手を僕の後ろから股間に突っ込んできた。

「ひいっ！　お、お姉さまっ、それ……きつすぎるわっ！」

「おおおおっ！　美和さん、キ、キンタマが潰れるっ！」

二人が同時に叫び声を上げた。美和さんの左手は亜紀子夫人のクリトリスをひねり上げ、右手は僕の両の睾丸を揉み込んできたのだ。

亜紀子夫人が背中を大きく反らし、僕は思わず腰を引いたため、勃起ペニスがズルッと半分ほど抜け出てしまった。

肛門括約筋と直腸粘膜に激しい摩擦を受けた亜紀子夫人は、背中をさらに反らすと、そのまま腰を猛烈な勢いで暴れさせる。僕は僕で、亜紀子夫人の尻振りに追随しつつ、腰を激しく前後させて勃起ペニスの肉茎の長さいっぱいの幅でストロークを行う。美和さんも必死の形相で、クリトリス嬲りと睾丸揉みを続けている。

「す、すごいっ！　こんなことってっ！　お、お尻の穴もクリトリスも……燃えるように熱いわっ！」

「ぼ、僕も……こんなすごい刺激は初めてだっ！　チ×ポもキンタマも爆発してしまいそうだっ！」

亜紀子夫人の肛門括約筋は勃起ペニスを根元からちょん切ろうと締め上げ、直腸粘膜はパンパンに膨らんで敏感になった亀頭を絞りあげてくる。その上に腰のうねりやグラインドが加わるのだ。

生身の人間に耐えられない痛みがあるように、生身の人間に耐えられない快感もあることを初めて知った。それは、亜紀子夫人も同じだった。

「お、お姉さま、岡崎さん、私、イクッ！　イクッ！　イクッ！」

「ぼ、僕もイクッ！　亜紀子さんの尻穴でイクッ！」

美和さんの手で揉み込まれる睾丸の中で熱い塊が爆発し、勃起ペニスの根元から亀頭に向けて駆け上がってくるの感じた。僕は亜紀子夫人の暴れ腰を両手でつかんで押さえ込むと、肛門の窄まりに勃起ペニスを根元まで突き入れ、仰け反りながら直腸の最奥部に大量の精液をしぶかせた。

直腸の奥に熱いしぶきを感じた亜紀子夫人は、天を仰いでいななく暴れ馬のように膝立ちし、この日二度目のイキ潮を浴室の床に向かって噴射させる。その亜紀子夫人の股間を覗き込むような体勢でクリトリスを嬲っていた美和さんは、強烈な淫臭を帯びたイキ潮まみれになった。

僕も亜紀子夫人もイキ潮浸しになった浴室の床に倒れ込み、精液を吐ききったペニスが抜け出た。すると、激しかった絶頂の余韻に身悶えしている亜紀子夫人の身体を、切羽詰まった表情の美和さんが僕から引き剥がす。

「さあ、あなた、もうひと頑張りしてね。最後は美和のお尻にお願いよ」

美和さんはまたもや僕の顔を反対向きに跨ぎ、そのまま腰を落としてくる。僕の顔に蜜液にまみれた生殖器官を押しつけ、上体を前傾させると、今の今まで亜紀子夫人の排泄器官に挿入されていたことも厭《いと》わず、半萎えペニスをくわえた。

左手で睾丸を揉み、右手で肉茎の根元をしごき、舌をプロペラのようにグルグルと回して亀頭を責めながら、強く吸引する。舌による亀頭責めは、射精直後だけに強烈な刺激だ。

「おおおおっ！　美和さん、いきなり……強烈すぎますっ！」

美和さんは、僕のペニスを吐き出すと、僕の顔に生殖器官をグリグリとこすりつけてくる。

「何よ、あなた、亜紀子のお尻の穴で汚れたオチ×チンを清めてあげてるんでしょ。それに私は、まだ一度もオマ×コでもお尻の穴でもイッていないのよ。このままじゃ、不公平だわ」

不公平も何も、そもそも「いいものがある」と言って、亜紀子夫人に僕を引き合わせたのは美和さんなのだ。成り行きで、亜紀子夫人の膣穴と直腸に二度続けて精液をしぶかせたけど、それだって美和さんがそう仕向けたのだ。

そう思いながらも、強引かつ巧みなフェラチオと手コキの複合技と強烈な淫臭を伴う顔面騎乗により、僕のペニスは幸か不幸かムクムクと大きくなり、ほどなく完全勃起を果たした。

「さすがは、私が見込んだオチ×チンだけのことはあるわ。まず、オマ×コにいただくわね」

大学の後輩でレズ相手の亜紀子夫人の悩乱ぶりを見てよほど昂奮していたのか、美和さんは背面騎乗位であっけなく絶頂に達した。そして、しばらく絶頂の余韻を噛みしめた後、熟して大きく割れた白桃のような巨尻を持ち上げ、ペニスを膣穴から抜き出した。ペニスがメトロノームのように揺れながら勃起を保っていることを確認すると、そのまま前に倒れて四つん這いになる。アナルセックスの要求だ。

亜紀子夫人はセレブな育ちやアイドル系の容貌《ようぼう》に似合わず、陰裂から肛門の周囲にかけては色素沈着が思いのほか進んでいる。しかし、亜希子夫人よりも年上で、男勝りのキャリアウーマンの美和さんのそこは、ほかの部分の肌の色と大した違いはない。女の股はまさに神秘的だ。

薄紅色のヒナギクのような肛門の窄まりに、蜜液でヌメる亀頭を押し当てると、窄まりは待ち侘《わ》びた人を歓待するように、自ら吸いついてくる。

亀頭の先端にわずかに体重を乗せただけで、亀頭はスルリと呑み込まれた。美和さんの排泄器官はこの半年の間に、すっかり第二の性器と化しているだけでなく、今や主役の座を膣穴から奪い取ろうとしているのだ。

僕は容赦のない大きなストロークで勃起ペニスを抜き挿しし、美和さんがアナル絶頂への階段を登り始めると、競馬の旗手がゴール前で馬に鞭《むち》を入れるように、時折り美和さんの尻を平手で打つ。美和さんは尻を打たれるたびに「ヒッ！　ヒッ！」と短い悲鳴を上げる。

ふと気配を感じて横を見ると、アナル絶頂の余韻から覚めた亜紀子夫人が、魔物でも見るような目付きで、僕たちの獣にも劣る行為に見入っていた。そして、自分に初めての快感をもたらしてくれたアナルセックスという魔物への恭順の意を表するかのように、うっとりと目を閉じて、僕の唇に薔薇の花びらのような唇を重ねてくる。

僕にとって雲の上の人である美しい副社長夫人の柔らかい唇、歯列を割って侵入してきた舌、甘い唾液、生臭い吐息を感じた瞬間、僕の脊髄を電流が駆け抜け、美和さんの排泄器官の中で我慢の限界を超えてしまった。

僕が獣のような唸り声を上げながら、ひと際強く美和さんの尻穴に勃起ペニスを突き入れ、直腸の奥深くにこの日三度目の射精をすると同時に、美和さんもこの日二度目のイキ潮を噴射した。

この後、僕を真ん中にして三人で湯船に浸かると、二人は両側から僕の乳首に口づけをし、ペニスと睾丸をマッサージしてくれる。

最初は、労をねぎらってくれているものと思い込み、いずれ劣らぬ美熟女二人に奉仕される満足感に浸っていたが、片や男勝りのバリバリのキャリアウーマン、片や蝶《ちょう》よ花よと育てられたわがままなセレブ夫人だ。そんなに甘くはなかった。

二つの唇と舌で乳首を嬲られ、四本の手でペニスと睾丸を責められた結果、僕のペニスがまたもや完全勃起したところで、現実に引き戻された。

「岡崎くん、あなたにしては、意外と時間がかかったわね」

「じゃあ、このままお部屋に行きましょ。ベッドでもう一回ずつイカせてもらってから、ルームサービスでおいしいものを食べましょ」

「そうね。岡崎くんにステーキでも食べさせてあげて、スタミナをつけてもらわなきゃ。夜は長いものね」

またもや勝手に計画が立てられた。この分では、明日の朝までに何度、精液を搾り取られるのか分からない。それは恐怖でもあり、股間の奥が疼くような喜びでもあった。

この夜が、これから何度も行われることになる美和さんと亜希子夫人との3P饗宴の最初の一夜に過ぎず、ある夜ベッドの中で亜希子夫人がふと漏らした一言が、僕と美和さんの運命を大きく変えることなど、このときはむろん知るよしもなかった。

第三章　メインバンクの美魔女取締役をアナル狩り

　高木不動産の社長令嬢にして副社長夫人のアナル処女をいただいて一週間ほどで新年を迎えた。思えば、この一年半は、まさにチ×ポが休まる暇もないほどの忙しさだった。特に、昨年四月に本社のシステム改革準備室に異動してからは、毎朝一番のオフィスでの室長の美和さんのフェラチオに始まり、夜は美和さんの自宅でのアナルセックスで締めるのが日課となった。

　室長秘書として全国の支社や営業所への出張に同行した際には、ホテルの部屋で翌朝まで膣穴セックスやアナルセックスに及ぶこともしばしばだった。そうした日常は、年末に正月休み入りするまで続いた。

　正月三日の昼過ぎ、およそ一週間ぶりに美和さんと赤坂《あかさか》で落ち合い、日枝《ひえ》神社で初詣をした。この後、亜紀子夫人と前回と同じホテルで会うことになっているのだ。

好天に恵まれて温かい日射しが降り注ぎ、高級そうなカシミアのロングコートに身を包んでいるにもかかわらず、亜紀子夫人が待つホテルまで歩く途中、美和さんが寒そうにしているのが気になった。

スイートルームのドアを開けてくれた亜紀子夫人は、如何にもセレブの正月に相応しく高価そうな和服姿だ。黒髪をキリリと結い上げ、袖と裾に色鮮やかな草花が描かれた薄紅色の着物に、黒地に松竹梅を配した帯を締めている。

「午前中、お茶の先生をお招きして初釜のお茶会を開いていたものだから、こんな格好で……」

北欧系ハーフのような顔立ちと、華やかな中にも落ち着きと品格を感じさせる和服が見事に調和して、高級婦人雑誌のグラビアから抜け出してきたような美しさだ。窓越しに快晴の空を背景に立つ姿は、まるで後光が射しているように神々しい。今日はまた、この美しい人妻とアナルセックスをするのだと思うと、ペニスの海綿体に大量の血液がドクドクと音を立てて流入し始めた。

「嫌だわ、岡崎くん、そんなにジロジロと見ないで。何だか、お尻の穴まで透視されているようで……恥ずかしいわ」

初対面の日は「さん」付けだったが、今日は「くん」だ。それだけ親しみを持ってくれているということだろう。それにしても、僕の心を見透かしたように、薔薇の花に似た可憐な唇からいきなり飛び出した『お尻の穴』という言葉は、僕の股間をズシンと直撃した。

そのとき、新春の陽光が射し込む窓辺に立つ美和さんが、着ていた黒いカシミアのコートを脱ぎ、傍らのコーヒーテーブルの椅子に投げかけた。

「おおっ！　美和さん、その格好は……」

「お、お姉さま、すごく色っぽいわ」

黒いブラジャーに黒いハイレグパンティー、黒いガーターベルトに黒いストッキングを身に着けた下着姿の熟れ肉が現れた。道理で外で寒そうにしていたわけだ。今日の亜紀子夫人が和の淑《しと》やかさの象徴なら、美和さんは洋のエロスの化身《けしん》のようだ。部屋に入って三分とたっておらず、手も触れていないのに、僕のペニスは早くも完全勃起した。

美和さんは亜紀子夫人と向かい合って立つと、いきなり亜紀子夫人の着物の襟《えり》に両手をかけ、グイッと割り開く。諸肌《もろはだ》脱ぎにされ、それまで押さえつけられていた乳房が、ブルンとまろび出た。真っ白い真桑瓜のようなたわわな乳房の頂点に、茶色に色づいた乳首が載っている。

「ああっ、お姉さま！」

美和さんが黒革張りのソファーに座ると、亜紀子夫人は美和さんの足元にひざまずき、美和さんの両脚をM字に開かせる。その横には、亜紀子夫人の意気込みを示すように、何枚ものバスタオルが積み上げられている。

「お姉さまのお股、すごい匂いよ。それにパンティーに染みもできてるわ」

「そうよ。去年の暮れから岡崎くんとやってないし……今日は久しぶりに亜紀子と3Pができると思ったら、お股からお汁があふれ出て仕方ないのよ」

美和さんが自ら黒いハイレグパンティーの股布を脇によけると、亜紀子夫人は、美和さんの毛穴一つ見えない無毛の陰裂に顔を伏せていく。美熟女同士のクンニプレーがいきなり始まった。

「い、いいっ！　亜紀子のクリ舐め、とっても気持ちいいわっ！　もっと、もっと強く吸っててっ！」

美和さんはゆったりとしたソファーにほとんど仰向けになり、一心にクンニする亜紀子夫人の頭を撫でている。高級ホテルの広々としたスイートルームのリビングに、美和さんの切なげな喘ぎ声と、猫がミルクを飲んでいるようなピチャピチャという音が響く。

亜紀子夫人は四つん這いの体勢で頭を上下に動かし、同時に薄紅色の布地に覆われた尻山を高く掲げて揺らす。僕を無言で誘っているのだ。裾の下から白足袋と草履《ぞうり》を履いた足が見え、白いふくらはぎが覗いている。

「亜紀子さん、お尻を見せてもらいますよ」

そう告げて着物と長襦袢《ながじゅばん》の裾の端を両手でつかみ、孔雀《くじゃく》の羽根のように大きく広げる。そのまま着物と長襦袢の裾を裏返しにして帯のお太鼓《たいこ》に被せると、血管が青白く透けて見える二つの尻山が、圧倒的な存在感を持って目の前に迫ってくる。

真っ白な尻山と尻山の狭間を縦走する褐色の谷間が露わになり、大陰唇や小陰唇、さらには会陰部から肛門の窄まりまでが新春の陽光を浴びる。

その陰裂には、下着の線が表に出ないように穿いている超ハイレグ・Tバックのパンティーの股布が蜜液を吸ってよじれ、細い紐となって陰裂に深々と食い込んでいる。陰部を隠すという本来の機能を失った股布は、陰核包皮の狭間に食い込んでクリトリスを押し潰し、敏感な粘膜をこすり上げていたに違いない。そこは、僕も美和さんも指一本触れていないにもかかわらず、すでに洪水状態で、強烈な淫臭を放っている。

「亜紀子さん、なんてエロいパンティーを穿いてるんですかっ！　グッショリと濡れて……オマ×コに食い込んでますよ。茶色のビラビラや黒光りする肛門の窄まりが、両脇にはみ出してます」

淑女なら決して人目に晒してはならない恥部を、夫が副社長を務めるの会社の平社員の男が、鼻息がかかるほどの至近距離から覗き込んでいるのだ。

「お、岡崎くん、もっと言ってっ！　もっとののしって、亜紀子に恥ずかしい思いをさせてっ！」

年末に初めてのアナルセックスでイキ潮を噴かされ、膣穴でも経験したことのないような凄絶な絶頂に突き上げられたことで、隠されていたマゾ性癖に火がついたのかもしれない。肛門の処女を捧げた男に、窄まりの色をあからさまに揶揄《やゆ》されると、それだけで、股布を食い込ませた膣口から新たな蜜液をドクッとあふれさせた。

「テカテカに黒光りしてますよ、亜紀子さんのお尻の穴。まるで、おせち料理の黒豆のようで、とってもおいしそうです。では、遠慮なく……」

尻山に両手をかけて大きく割り開き、一本の紐と化したパンティーの股布を脇によけると、亜紀子夫人の窄まりは待ってましたとばかりに、黒い口紅を塗りたくったようなおちょぼ口を開き、勃起ペニスを誘う。亜紀子夫人は膣穴から蜜液をあふれさせるだけでなく、すでに直腸から分泌された粘液が、窄まりを濡らしている。黒光りして見えたのはそのせいだった。

それが、日本を代表するセレブ美人妻の肛門の窄まりとあっては、その強烈な吸淫力に抵抗できる男はいない。僕はスラックスとトランクスを脱ぎ捨て、パンパンに膨らんだ勃起ペニスの亀頭を直腸粘液にぬめる肛門の窄まりに押し当てた。と、そのとき、目の前のソファーでM字に大股開きした中心を亜紀子夫人に吸われている美和さんが、眉を八の字に歪めて訴えかけてきた。

「ああんっ！　私、イキそうなのっ！　亜紀子のお尻の穴に入れるの、ちょっと待ってっ！」

「分かりました。亜紀子さん、先に美和さんをイカせてあげて下さい」

一刻も早く尻穴に勃起ペニスを入れてほしい亜紀子夫人はすぐさま、美和さんのクリトリスを強く吸引しながら、根元をヤワヤワと甘噛みする。亜紀子夫人の思いは通じ、すぐに成果が現れた。

「イクッ！　亜紀子にクリトリスを吸われて、甘噛みされて……イクッ！」

美和さんが腰を突き上げて絶叫すると、口の周りを美和さんの蜜液でベトベトにした亜紀子夫人が振り返り、尻穴への挿入を催促する。

僕は喜んでその要求に応じる。そして、それから十分後、亜紀子夫人が絶叫とともに背中を反らして天を仰ぐと、絶頂の余韻から覚めた美和さんが、傍らに積まれたバスタオルを手に取り、亜紀子夫人の股間に押し当てる。

亜紀子夫人がバスタオルから滴り落ちるほど大量のイキ潮を噴射する間に、僕は『イクラ天井』の直腸の奥深くに、今年最初の精液をしぶかせた。

その後、翌朝までに僕は美和さんと亜紀子夫人の膣穴とアナルに一回ずつ精を放ち、二人はともに無数の絶頂と二回のイキ潮噴射を果たし、これまでの僕の人生で最高の姫始《ひめはじ》めは終わった。

この姫始め以後も、時折り亜紀子夫人を交えての3P饗宴が重ねられた。そして、二月半ばの週末の夜、いつものホテルのスイートルームで、一回ずつイキ潮を噴き上げた美和さんと亜紀子夫人が僕を挟んで添い寝してくれているときだった。亜紀子夫人の口から、重大な企業秘密が語られたのだ。数日前、珍しく早く帰ってきた夫にフェラチオを施してやっていると、夫が問わず語りに話したそうだ。

それによると、高木不動産はこれまで、業務をマンションやオフィスビルの建設とその管理に限ってきたが、来年度から新たにリゾート開発に進出する予定で、すでに伊豆大之島《いずおおのしま》での開発予定地の選定も終わっている。しかし、メインバンクがプロジェクトへの融資を渋っており、このままではすべてが水疱《すいほう》に帰してしまう。そこで、プロジェクトの最高責任者を解任することが決まり、その後任として白羽の矢が立ったのが、一年足らずで全社的なシステム統合の準備を成功させた美和さんだという。

「そのプロジェクトのことは小耳に挟んで知っていたけど、そこまで行き詰まっていて、まさか私にそのお鉢が回ってくるとは……」

「メインバンクに融資をＯＫさせれば、お姉さまにはリゾート開発推進本部の本部長と高木不動産初の女性取締役の椅子が待っているって、主人がそう言ってたわ」

「何だか岡崎くんと出会ってから、ものすごく運がついてきたみたい。岡崎くんの絶倫デカマラって、私にとって福チンだわ」

何だか絶倫とデカマラしか取り柄がないような言われ方だが、二人の次の会話で気を取り直すことができた。

「私も、岡崎くんの福チンにあやかりたいわ。これからは東京にいるときは週に一回、三人で会ってもらえないかしら。これからも、主人から聞いた極秘情報、教えてあげるわ」

美和さんは僕に確かめもせず、「いいわよ」の一言で了承した。ここで「勝手に決めないでください」と抗議できればいいのだが、これから毎週、亜紀子夫人の生殖器官と排泄器官の両方の『イクラ天井』を味わえると思うと、ついヤニ下がってしまった。われながら情けないとは思うけど、これだけ美しく高貴な人妻のタブル名器の誘惑に勝てる男はいない。

その後、朝までに二人に二回ずつイキ潮を噴かせ、それぞれの直腸に一度ずつ射精した。


週が明けた月曜日の朝、いつものようにオフィスで美和さんの仁王立ちフェラを受けていると、美和さんのデスクの電話が鳴った。美和さんは慌てず、手を伸ばしてスピーカーに切り替えた。

「おはようございます。高木不動産システム改革準備室、藤堂でございます」

「おお、藤堂くんか。さすがはわが社一のキャリウーマンだけあって、出社も早いな。社長の高木だ」

美和さんは僕の足元にひざまずいたまま、フェラチオを手コキに代え、落ち着いて応対する。

「社長、おはようございます。社長こそ、こんな早くに、どんなご用件でしょうか？」

「ちょっと藤堂くんに頼みがあってな。手が空いたときでいいから、社長室まで来てくれないか？　きみにとって、いい話だ」

「承知いたしました。今取りかかっている案件を片付けて、十分ほどで伺います。それでよろしいでしょうか？」

「ああ、それでいい」

電話が切れると、美和さんは何事もなかったようにフェラチオを再開する。宣言通り十分後に僕の朝イチの精液を飲み干すと、尻山の上までまくれ上がったタイトスカートの裾を下ろし、社長室に向かった。

その日の午後、高木不動産が社運をかけた新規事業「伊豆大之島リゾート開発プロジェクト」の最高責任者であるプロジェクト推進室長に美和さんが就任する辞令が電撃的に発表された。そして、僕も美和さんの秘書役としてプロジェクト推進室に異動がすることになった。

それから二週間後の三月の初め、高木不動産本社の大会議室で、「伊豆大之島リゾート開発プロジェクト」のお披露目記者会見が開かれた。高木社長の挨拶に続いて美和さんが登壇するや、詰めかけた百名近い記者やカメラマンたちから大きなどよめきがわき起こった。

タイトミニのスカートスーツのスカートの裾から、ムッチリとした太ももが付け根近くまで剥き出しになっていたからだ。しかも、テレビカメラのライトが当てられた太ももの内側には、血管が青白く透けて見える。

一部上場企業の一大プロジェクトの責任者が美熟女というだけでもそれなりの驚きなのに、女子高生のように生太ももを剥き出しの姿で現れたのだ。どよめきが起こるのも無理はない。濃紺のスカートスーツと真っ白い太もものコントラストが、この場に不釣り合いなほど美しく、エロい。

胸元にピンマイクを付けた美和さんは、巨大なプロジェクタースクリーンの前を右へ左へと歩きながら、身振り手振りを交えてプロジェクトの内容を紹介する。その説明は、つい二週間前に最高責任者になったとは思えないほど流暢《りゅうちょう》なものだった。時折り言葉が途切れるのは、歩いているうちにタイトな超ミニスカートの裾がずり上がってパンティーが見えそうになり、そのたびに前かがみになってスカートの裾を引き下ろさねばならなかったからだ。

おかげで、このプロジェクトのニュースは、美和さんの生太ももの映像とともに、その夜のニュース番組のトップを飾った。やはり世間の耳目《じもく》を集めるのに、美熟女の太ももに勝るものはない。

その記者会見の様子を、会場の片隅から険しい表情で見つめる女がいた。ワンレングスのショートボブの黒髪、化粧気のない顔に黒縁の眼鏡をかけ、ほっそりとした身体をグレーのスカートスーツに包んでいる。彼女こそが、メインバンクの青葉《あおば》トラスト銀行においてこのプロジェクトへの融資に反対している張本人、融資担当取締役の伊沢与志子《いざわよしこ》だ。

銀行が一定額以上の融資の申し込みを受けると、伊沢与志子自身が目立たない格好でその企業の現場を見て回り、法令遵守の姿勢や将来性を見極める。優良案件だと思われた融資を伊沢が断った直後、不正が発覚するといったケースが多数ある一方、誰もが無理だと判断した融資を伊沢が認め、そのベンチャー企業が急成長したケースも一社や二社ではないという。

ただ、伊沢与志子が四十五歳の若さですでに取締役に就いているのは、そうした銀行への貢献によるものだけではない。頭取個人への貢献、特に頭取の下半身への貢献によるところも大きいともっぱらだ。つまり、頭取の愛人で、銀行上層部の一部では『美魔女狐《びまじょぎつね》』と呼ばれている。

今日の伊沢与志子からは片鱗《へんりん》すら感じ取れないが、政財界の要人が集うパーティーなどでの伊沢の写真を見ると、目立たないどころか、身体にピタリと貼りついてボディーラインも露わなロングドレスや、腰骨の上まで切れ上がったスリットから美脚を大胆に覗かせるチャイナドレスをまとい、出席者の視線を集める。今は野暮《やぼ》ったい黒縁眼鏡で隠しているが、クッキリとした二重《ふたえ》目蓋《まぶた》と長い睫《まつ》毛《げ》、その奥で輝く黒目の大きな瞳、高く通った鼻筋、シャープな顎のライン……確かに『美魔女狐』と言われても不思議はない艶姿の持ち主だ。

やり手の伊沢与志子だから、美和さんの経歴を調べ上げた上で、どんな人物かを直接自分の目で確かめるために来たのだろう。

記者会見の翌日、美和さんが新任の挨拶に伺いたい旨の電話を入れると、伊沢与志子はその日の午後二時に青葉トラスト銀行本店での面会を即決した。

美和さんと僕が通された応接室は優に三十畳ほどの広さがあり、壁とカーペットはライトグレー。強化ガラス天板の長テーブルを囲うように、黒い革張りの一人用ソファーが十脚並んでいる。全体がモノトーンでまとめられ、豪華だが、現代風の無機質な印象だ。天井まで強化ガラス張りの腰高窓からは、汐留《しおどめ》エリアの高層ビル群越しにレインボーブリッジが見える。

三分ほどで、紅茶のペットボトルを載せたトレイを持った女子行員を従え、レモンイエローのスカートスーツを着た伊沢与志子が入ってきた。

「お待たせして申し訳ありません。本日はご足労いただき、誠にありがとうございます」

女子行員がテーブルにペットボトルを置く間に、伊沢与志子は慇懃《いんぎん》無礼《ぶれい》なまでに深々と頭を下げて挨拶する。見覚えのあるワンレングスのショートボブヘアが垂れ、真っ白いうなじが見えた。

だが、昨日とはガラリと違っている服装を見て、彼女が美和さんに強いライバル心を抱いていることが分かった。今日の伊沢与志子は、美和さんのスカートに負けないぐらい丈の短いスカートを穿き、黒縁眼鏡ではなく、見る者に知的な印象を与える縁なし眼鏡をかけている。

タイトなスカートは、無花果《いちじく》のような優美な曲線を描く腰周りにピタリと貼りつき、今にも張り裂けるのではと期待……いや心配するほどだ。しかも、スラリとした太ももの付け根近くまで露わな美脚は、記者会見のときの美和さんと同じ生脚だ。上着はワンサイズ小さいのか、細身の身体に似合わずたわわな乳房が、前をとめたボタンを今にも弾き飛ばしそうだ。

流麗なボディーラインと美脚を強調する超ミニのスカートスーツが、ショートボブの髪型とマッチして、清潔感の中に大人の色気を醸《かも》し出す。

名刺交換と型通りの挨拶が終わり、ガラステーブルを挟んで伊沢の正面に美和さんが座る。僕が美和さんの左隣に座ると、伊沢与志子は揃えた膝を僕の方に向けた。濃いオレンジ色のパンティーの股布が、目に飛び込んでくる。理由は分からないが、僕に見せつけているのは明らかだ。

「お忙しいところ、お時間をいただきましてありがとうございます。このたび新しくリゾートプロジェクトの責任者になりましたので、そのご挨拶にまいりました。よろしくお願いします」

美和さんも伊沢与志子のライバル心や、僕にパンティーを見せていることには気づいているはずだが、そんなことはおくびにも出さない。伊沢与志子もパンティーなど見せていないかのように、平然とビジネスの話に入った。

「前任の方からどうお聞きになっているか存じませんが、私、プロジェクトそのものに反対しているわけではないのです。ただ、前任の方は、地元の地権者の方々への対応は現地責任者に任せっきりだし、メインバンクの私どもには体裁《ていさい》を取り繕った書類を見せて『さあ、融資を認めろ』と言わんばかりの態度でしたからね。当行としては、あの方が最高責任者ではこの先、何か問題が起きたときの危機管理に不安があると考えておりましたの」

美和さんへのライバル心を抱きながらも、伊沢与志子が交渉相手として認めていることは分かった。

「私、近々、開発予定地の視察に行こうと思ってますの。そのときに、伊沢様もご一緒にいかがでしょう。一緒に現地を見て、現地の人たちと接して、その上でご判断なさっては？　視察の日程は伊沢様のご都合に合わせます」

そのとき、伊沢はなぜか、チラッと僕を見た。思わずペニスが奮い立ってしまいそうな、妖艶かつ淫靡な女狐《めぎつね》の目だった。

「もちろん経費はすべて高木不動産が負担し、この岡崎がお荷物をお持ちしたり、いろいろとお世話させていただきます」

「高木社長が直々に藤堂さんを口説き落とされたという噂、本当のようですわね。

私も現地を見た上で、最終的な判断を下したいと思っておりました」

「ありがとうございます。早速ですが、この一、二週間のご予定はいかがでしょうか」

「ちょうど今週末の北海道出張がドタキャンになったので、金曜の夕方から月曜の午前中いっぱいは空いております。急すぎますか？」

「いいえ。喜んで手配させていただきます。岡崎くん、頼んだわよ」

「承知いたしました。伊沢様、何か宿泊先やお食事などのご要望はおありでしょうか？」

「そうね……」

伊沢は考えるふりをしながら僕を見つめ、ゆっくりと脚を組む。スカートの裾が鼠径部までまくれ上がると同時に、穿いているパンティーがかなりのハイレグだと分かった。

「特に好き嫌いはないから、岡崎さんにお任せするわ」

「かしこまりました。精一杯勤務めさせていただきますので、よろしくお願い申し上げます」

「こちらこそ、よろしくお願いします」

伊沢与志子がそう言って立ち上がると、ハイレグパンティーの鋭角の股布が丸見えだったが、特段にあわてる素振りも見せずスカートの裾を下ろす。

「では、手配を整えまして、明日にでも岡崎から詳細を連絡させます。本日は本当にありがとうございました」

美和さんも何事もなかったかのように挨拶をし、応接室を出て行った。その後を追う僕だけが、前屈みの不自然な歩き方になった。

「あなた、そんなんじゃ社に戻ってから仕事にならないでしょ？　社に戻る前に抜いてあげるわ」

青葉トラスト銀行の隣のビルの地下駐車場に停めておいた社用車に乗り込むと、運転席の美和さんは助手席に上体を乗り出し、僕のスラックスのファスナーを下ろす。

「ど、どうして分かったんですか？」

美和さんはさっきから勃起して先走り汁を垂れ流しているペニスを引っ張り出し、ソフトな手コキを始める。

「どうしても何も、ソファーに座ってあれだけ露骨にスラックスの前を膨らませれば、誰だって気づくわよ。こんなに先走り汁まで垂らして……」

「ということは、伊沢与志子も……ですか？」

美和さんの手コキが次第に激しさを増してくる。

「そうよ。あなたの股間から目が離せないって感じだったわ」

「申し訳ありません。まさかあんな状況で勃つなんて……」

「どうして謝るの？　彼女が視察旅行をOKしたのは、あなたのデカマラを見て発情したせいもあるわ。彼女が立ち上がったとき、ハイレグパンティーに染みができていたのが、その証拠よ」

美和さんは勃起ペニスをしごく右手を順手《じゅんて》から逆手《さかて》、逆手から順手へとめまぐるしく持ちかえている。

「最初からそのつもりで僕を連れて行ったんですか？」

「まさか、そこまでは……でも、彼女が超ミニスカで現れて、あなたの方に膝を向けて座ったとき、気づいたの。彼女は私へのライバル心を燃やすあまり、私の側にいるあなたにちょっかいを出したくなったことにね」

「僕にちょっかいを？」

「子供のころ、勉強でもスポーツでも負けたくないって思っている相手が持っている物が無性に欲しくなったのと同じ心理よ。彼女には、あなたのようなデカマラで信頼できる部下がいないのかもしれないわね」

「その上で、僕も一緒に視察旅行に行くということは……」

「そうよ。あなたに伊沢与志子を堕《お》としてもらうわ。それも徹底的にね」

美和さんが「徹底的に」というのは、伊沢与志子をその気にさせて尻穴も責めていいということだ。伊沢与志子の無花果のような腰とハイレグパンティーの奥に隠された肛門の窄まりを思い浮かべ、思わずペニスが跳ね上がった。

「まあ、あなた今、伊沢与志子とのアナルセックスを想像したわね？」

「だって、美和さんが徹底的になんて言うから……」

「まあ、いいわ。伊沢与志子のお尻の穴を想像しながら、私の手で思い切りイキなさい」

美和さんは勃起ペニスを握った右手を全速力で走る蒸気機関車のピストンもかくやと思われるほど激しく上下させる。

「伊沢与志子のアナルは一体どんな色で、ヒクヒクする窄まりのシワはどんな感じかしらね」

美和さんは僕の耳元でそんなことを囁きながら、激しい手コキを続ける。美和さんの薄紅色の窄まりや亜紀子夫人の黒光りする窄まりが脳裏に浮かび、あっと言う間に我慢の限界を超えてしまった。

「イクっ！　美和さんの手コキでイクッ！」

射精する直前に、美和さんはいつの間にか左手に持っていたハンカチを亀頭に被せてくれた。精液が奔流となって何度も噴き上げ、そのたびにハンカチが浮き上がった。もしハンカチがなければ、フロントグラスやダッシュボードは精液まみれになっていただろう。

美和さんは精液でグチョグチョになり、今にも滴《しずく》が垂れ落ちそうなハンカチを別のハンカチで包んでバッグにしまい、車をスタートさせた。

美和さんと相談の上、その日のうちに、金曜の夜は熱海《あたみ》の和風高級旅館に泊まり、翌日に高速船で伊豆大之島に渡り、大之島の温泉ホテルに一泊して日曜の午後の飛行機で東京に戻るという行程を決めた。三月中旬のこの時期、島では毎年恒例の椿《つばき》まつりが開催されているが、いつも出張の際に使っている旅行代理店が何とか計画通りに手配してくれた。

その週末の金曜日の午後、関東地方は穏やかな陽気となった。集合場所のJR品川駅新幹線改札口に現れた美和さんはベージュのミニワンピースの上にライトブルーのジャケット、伊沢与志子は薄紅色のミニのスカートスーツという春らしい華やかな出で立ちだ。

ムッチリとスラリの違いはあるが、ともに太ももを剥き出しにした二人の美熟女は、いやが上にも周囲の注目を集めた。グレーのスーツ姿の僕は、まるで二人の女優の付き人みたいだ。

ともあれ、新幹線で予定通り熱海入りし、熱海港を眼下に望む高台にある和風旅館にチェックインした。こぢんまりとした温泉宿だが、全室専用露天風呂付きだ。建物の一番奥にある並びの三部屋を予約しておいた。伊沢与志子は一番奥の角部屋に泊まり、次が美和さん、一番手前が僕の部屋だ。

夕食までの一時間は各自、自由に過ごすことにしたが、僕は荷物を置いて浴衣《ゆかた》と羽織に着替えると、かねて打ち合わせた通り、美和さんの部屋に入る。

黒髪をシニョンにまとめた美和さんは、日本庭園に面した岩造りの露天風呂にいた。僕も素っ裸になって湯船に浸かる。三メートル近い高さの竹垣で仕切られた隣の露天風呂からも、湯浴《ゆあ》みする音が聞こえている。伊沢与志子も野趣《やしゅ》に富んだ露天風呂の風情に誘われ、ひと風呂浴びているのだ。そんな枯淡《こたん》の趣きを引き裂くように、美和さんがいきなり喘ぎ声を上げる。

「ああんっ！　い、今は駄目よ、岡崎くん。あんっ！　お隣の伊沢様に聞こえちゃうでしょ」

「でも、僕、我慢できないんです。エッチが駄目なら、せめて口でお願いします。藤堂室長、お願いします」

むろん、これも打ち合わせした通りの芝居だが、隣の露天風呂が静かになった。伊沢与志子が息をひそめて聞き耳を立てているのだ。

「もう、わがままなんだから！　じゃあ、そこの平らな石に腰をかけて」

「はい、ありがとうございます」

「いつものことだけど……オチ×チンがこんなに大きいと、口に入れるだけでも一苦労なのよ。過ぎたるは何とかって、よく言ったものだわ」

声をひそめるふりをしてそう言うと、美和さんはわざとジュバッ、ジュバッと派手な音を立てて、勃起ペニスを吸い上げ始めた。

「でも、藤堂室長は僕のデカマラで、オマ×コだけでなくお尻の穴でもイキまくってるんだから、文句は言えませんよ」

「しっ！　声が大きいわ。伊沢さんに聞かれたらどうするの！」

「すみません。もうしゃべりませんから、最後までお願いします」

夕闇が迫る静かさの中、美和さんが勃起ペニスを吸うジュバッ、ジュバッという音と、湯船から温泉がこぼれ落ちる音だけが響いている。

しばらくして僕が上げた「ウッ！」という声を合図に、辺りは完全な静かさに包まれた。

夕食の時間の夜七時になり、浴衣に羽織姿の三人は、江戸時代の豪農が建てた茸き屋根の屋敷を移築した離れに案内された。

ウエーブのかかった長い髪を羽織の上に広げた美和さんは、触れなば落ちん妖艶な風情を漂わせる。一方、縁なし眼鏡を外し、ショートボブの毛先を羽織の襟に遊ばせる伊沢与志子は、美和さんより五歳年上の四十五歳という実年齢よりかなり若く見える。超ミニスカートや艶やかなパーティードレスをまとった美魔女姿とは異なり、今夜の伊沢与志子は清楚な美しさを見せている。

だが、上気した顔には、隠しきれない淫欲の表情が浮かんでいた。愛人である銀行頭取も、伊沢与志子の外面の清楚さと内面の淫乱さが同居する『美魔女狐』に籠絡《ろうらく》されたのかもしれない。

十畳ほどの和室のガラス窓越しに、いくつもの漁《いさ》り火《び》が浮かぶ太平洋が見晴せる。中央に総紫檀《そうしたん》の座卓が置かれ、書院造りの床の間を背にした上座に一人、その右脇に一人、下座に一人ずつの席が用意されている。美和さんがある意図に基づき、宿にそう指示したのだ。ついでに言えば、同じ意図に基づき、僕は浴衣の下に何も穿いていない。

「さあ、伊沢様はそちらにお座りください。岡崎くんはそっちよ」

美和さんは伊沢与志子を上座に、その脇に僕を座らせ、自分は下座に就く。間髪を入れずに宿の女将《おかみ》と二人の仲居が現れ、女将が挨拶をしている間に仲居がそれぞれの前に瓶ビールとグラス、お銚子と杯《さかづき》を並べる。僕の前には、そのほかにオールドパーのボトルと氷、水、水割り用グラスが置かれた。

伊沢与志子がオールドパーの水割りを好むことを、美和さんがどこかで聞いてきたのだ。また、それが青葉トラスト銀行の頭取の好みであることも。

僕が伊沢与志子のグラスにビールを注ぎ、僕と美和さんは手酌《てじゃく》でグラスを満たし、乾杯となった。伊沢与志子は一口でビールを飲み干した。

「いい飲みっぷりですわ。だけど、伊沢様、さっきからお顔が赤いようですけど、お熱でもあるのではありませんか？」

露天風呂で美和さんがジュバッ、ジュバッと音を立てて僕の勃起ペニスにフェラチオを見舞っている間、隣の露天風呂に浸かって身動きが取れずにいたのだ。湯あたりしたとしても不思議はない。それとも、僕と美和さんの痴戯の音に発情し、身体を火照《ほて》らせているのか。

「い、いいえ。大丈夫です。何でもありまえんわ」

「伊沢様、オールドパーの水割りでも作りましょうか？」

「ありがとう、岡崎さん。薄めに作ってくださるかしら」

伊沢与志子は見事な飲みっぷりに加え、細身のスタイルには似つかわしくない健啖家《けんたんか》ぶりを見せ、先付け、前八寸、煮物と出される料理を次々と平らげ、少しずつ濃くしていった水割りを何杯もお代わりした。

お造り、焼き物、揚げ物と進むにつれてかなり酔いが回り、左に置いた脇息《きょうそく》に腕を預けて横座りする。すると、座に就いた当初、全身から漂わせていた湯上がりの匂いに加え、割れた浴衣の裾から生臭い牝臭が立ち昇る。

美和さんの目配せを受けた僕は、伊沢与志子からお代わりのグラスを受け取る際、胡座《あぐら》をかいた股間にわざとグラスを落とした。

「まあ、どうしましょ？　ご、ごめんなさい」

伊沢与志子はとっさにおしぼりを手に取って僕の股間に手を伸ばし、濡れた浴衣を拭いてくれる。気が動転している伊沢与志子は、その行為が薄い浴衣越しに僕のペニスを刺激していることに気づいていない。

「伊沢さん、そ、そんなことをされたら、僕は……」

伊沢与志子は僕の声に一瞬不思議そうな顔をしたが、その直後、おしぼりを持った手に触れる物に気づいた。そして、慌てて手を引っ込めた拍子に、完全勃起したペニスが浴衣の裾を割って飛び出した。

「きゃっ！　な、何かいるわっ！」

何かの生き物が飛び出したと勘違いしたようだ。

「何かいる、じゃありませんよ。伊沢様の手コキが気持ちよすぎて、チ×ポが大きくなったんです」

伊沢与志子はそれが男性器だと分かり、座椅子の背もたれにのけ反ってワナワナと震えている。浴衣の裾が乱れ、折れそうに細い足首と引き締まった白いふくらはぎが見えている。立ち昇る牝臭が一層きつくなった。

「岡崎くん、伊沢様に向かって、手コキだとかチ×ポだなんて、失礼よ」

「で、でも……」

「後で私が慰めてあげるから、とにかく、その暴れん坊を引っ込めなさい」

「ほ、本当に後で慰めてくれるんですね？」

「しっ！　伊沢様の前で、何度も言わせないで」

今の伊沢与志子の脳裏には恐らく、美和さんが僕のデカマラにフェラチオしている光景が浮かんでいるに違いない。

「お待たせしました。締めのお食事をお持ちいたしました」

勃起ペニスを何とか浴衣の中に納めたとき、係の仲居が大きな盆に三人分の山菜おこわ、赤出汁、香の物、デザートを載せて入ってきた。食べ始めから一時間以上が経過していた。

僕と美和さんは何事もなかったかのように茶碗を手に取って食べ始めるが、伊沢与志子はショックから立ち直れず、箸《はし》を持とうともしない。

それも無理はない。何しろ、接待する側の女上司が部下の若い男に露天風呂でフェラチオし、後で勃起ペニスを慰めてやると言ったのだ。露天風呂で僕が言った「藤堂部長は僕のデカマラで、オマ×コだけでなくお尻の穴でもイキまくってる」という言葉を思い出しているのかもしれない。

「伊沢様の食事は夜食として、後でお部屋に届けてもらいましょう」

美和さんと僕がデザートまで食べ終わっても、まだ手を付けようとしない伊沢与志子に、美和さんが声をかけた。

「お、お気遣い、ありがとうございます。そうしてもらえると助かるわ」

「まだ時間は早いから、伊沢様、私の部屋で飲み直しましょう。岡崎くんはオールドパーのボトルをお願いね。まだ残ってるでしょ？」

「はい、まだ半分近く残っています」

美和さんは伊沢与志子の返事も聞かずにフロントに内線電話をかけ、箸を付けていない一人分の食事を夜食として伊沢与志子の部屋に届けておくこと、自分の部屋に三人分の水割りセットを持ってくることを指示した。

「伊沢様、立てますか？」

座椅子に背中を預けたままの伊沢与志子に声をかけると、脇息に手を突いて立ち上がろうとするが、腕にも脚にも力が入らないようだ。

「オールドパーは私が持つから、あなたは伊沢様に手を貸してあげてちょうだい。いいわね」

僕は伊沢与志子の手を取って立たせると、彼女の右腕を僕の肩に回させ、彼女の腰に僕の左腕を回す。ペニスは勃起したままだが、どうしようもない。

「じゃあ、行きますよ。しっかりと捉《つか》まってください」

「すみません。お手数をおかけします」

伊沢与志子は言われた通り、右腕を僕の首に回し直し、身体を寄せてきた。たわわな乳房が僕の胸に押し当てられる。少し乱れた浴衣の胸元からえも言えぬ牝の芳香が立ち昇り、鼻の奥をくすぐる。その中にある種の腐敗臭がかすかに混じっていることに気づいた。

そのとき、襖《ふすま》を開けてこちらを振り向いた美和さんが、怖い顔をして僕の方に近づいてくる。

「あなた、そんな格好で廊下を歩いたら、警察に突き出されちゃうわよ」

下を見ると、浴衣の間から勃起ペニスがほぼ水平に突き出ていた。美和さんは僕の足元にひざまずき、浴衣の前身頃《まえみごろ》を整え、勃起ペニスを隠してくれた。浴衣の股間の部分が、テントを張ったように突き出ているのは隠しようがないが、幸い、誰にも会わずに美和さんの部屋に戻ることできた。


各室に木製枠のサッシで外の日本庭園と仕切られた広縁《ひろえん》があり、そこに四人が座ることができる籐製《とうせい》の応接セットが置かれている。庭はところどころ控えめにライトアップされ、幽玄《ゆうげん》な気配を漂わせている。

美和さんの部屋の応接セットのガラステーブルの上に、すでに水割り用の氷とミネラルウォーター、グラス三個が用意されていた。数種類のチーズとソーセージの盛り合わせが添えてある。

「岡崎くん、あなたは伊沢様の隣に座って、お世話して差し上げてね」

伊沢与志子を二人掛けのソファーに座らせたところで、美和さんがすかさず指示を出す。

「はい、分かりました」

僕が三人分の水割りを作って改めて乾杯し、それぞれの趣味の話になった。伊沢与志子の趣味は、高校時代から父親のお供で始めたゴルフだそうだ。大学時代は体育会系ゴルフ部に所属し、数々の大会で上位入賞を果たしたという。今もスコア八〇を超えることはないそうだ。美和さんは十年ほど前にゴルフを始め、スコア一〇〇を切るのがやっとだという。

ゴルフ談義に花を咲かせるうち、伊沢与志子は体調を回復し、チーズやソーセージをつまみながら結構なペースで水割りを飲み干している。

実は、伊豆大之島のリゾート開発計画にはゴルフ場建設も含まれているが、美和さんはそのことには触れなかった。下手に仕事の話を持ち出して、伊沢与志子がビジネスモードになるのを避けるためだろうと推察し、ゴルフを知らない僕は、水割り作りに徹することにした。

飲みっぷりのいい伊沢与志子も、濃いめに作った水割りを五、六杯も空けると、さすがに酔ってきたようだ。

いつしかお互いを「美和さん」「与志子さん」と呼び合う仲になり、美和さんは、おもむろに羽織を脱いで立ち上がると、伊沢与志子にスイングを見てほしいと頼んだ。

そして、僕と伊沢与志子に向かって大きく脚を開き、箸をゴルフクラブのグリップに見立ててスイングの真似をする。それを立て続けに四、五回も繰り返したものだから、浴衣の襟が大きくはだけ、たわわな乳房の片方がブルンと飛び出した。帯から下の前身頃もパックリと割れ、太ももの内側が付け根の近くまで見えている。美和さんの乱れた浴衣姿を見せつけられ、僕はパブロフの犬さながらに、ペニスを勃起させる。

「まあ、美和さん、オッパイが大変よっ！　そ、それにお股もっ！」

「あら、失礼しました。でも、どうですか？　私のスイング」

美和さんは何事もなかったかのように、飛び出した乳房を浴衣の中に押し込みながら尋ねる。

「えっ？　ええ、まあ……構えたときに、もう少しグリップを下げた方がいいかもしれないわね」

「グリップですか？　こんなお箸じゃ、細すぎて感じが出ないわね」

適当な太さの物を探してテーブルの上を眺めるが、これはという物はない。

「そうだわ。岡崎くん、立って、こっちに来て」

僕が浴衣の前を突っ張らせて美和さんの横に立つと、美和さんは僕の後ろに回って抱きついてきた。そのまま前に回した両手を浴衣の前身頃に差し入れ、勃起ペニスをつかみ出す。

「まあっ、美和さん、岡崎さんに何てことを？」

伊沢与志子は悲鳴を上げたが、勃起ペニスから目を離そうとはしない。

「ゴルフクラブのグリップにしては太すぎるけど、ほかに適当な物がないから仕方ないでしょ」

そして、美和さんは僕の背中に胸から下腹までを密着させ、両手でまるでゴルフクラブのグリップを握るように勃起ペニスを握る。

「与志子さん、グリップはこれでよろしいかしら？」

「だ、だから、もっと下に下げた方が……」

伊沢与志子は水割りのグラスをテーブルに置き、身を乗り出してきた。

「でも、このクラブ、上を向く力が強すぎて、下げられないんです」

勃起ペニスを下げるふりをしてしごくので、ますます硬く勃起し、先走り汁まで垂れてきた。

「お、岡崎くん、与志子さんが言われたこと、聞いたでしょ。そんなに突っ張らせちゃ、駄目じゃないのっ！」

「そ、そんなことを言われても、室長の手が気持ちよすぎて、勃たせるなと言われても、そんなこと無理です」

「困ったわね。せっかく与志子さんにレッスンしてもらえるというのに……」

すると、その伊沢与志子がフラフラと立ち上がり、まるで勃起ペニスに吸い寄せられるように、テーブルを回って近づいてきた。

「元はと言えば、さっき私が刺激して、お、大きくしてしまったせいだわ。だから、私に……責任を取らせて」

伊沢与志子は僕の足元に正座すると、美和さんの手を払いのけ、勃起ペニスを握ってきた。僕を見上げる顔には淫乱の相が色濃く浮かび、キツネというより、獲物を前にしたオオカミのように、舌舐めずりせんばかりの貪欲そうな表情を見せる。

「本当に、大きくて……硬いわっ！　それに、天を衝《つ》くように、そ、そそり立ってるっ！」

右手のひらを使って先走り汁を亀頭から肉茎の根元まで塗り込めるようにしごき、左手は両の睾丸を揉む。その巧みさは、高齢の銀行頭取のペニスを勃起させるために身につけたものだろう。

「おおっ！　伊沢様のように、せ、清楚で知的なエリート美人に手コキをしてもらえるなんて……信じられません。さ、気持ちよすぎるっ！」

伊沢与志子は、腹を打つ勢いで勃起したペニスを水平にし、パンパンに膨らんだ亀頭に唇を被せ、すぐに離した。

「美和さんが言ってた通り……口にくわえるのも一苦労だわ」

やはり、露天風呂の竹垣の向こうで聞き耳を立てていたのだ。

「岡崎さん、こんなときに伊沢様なんて呼ばれたら興ざめだわ。あなたも下の名前で呼んでちょうだい」

「わ、分かりました……与志子さん」

伊沢与志子はもう一度、唇を亀頭に被せ、一秒に一センチほどのゆっくりとした速さで勃起ペニスを呑み込んでいく。

「うぐっ！　むむむむむっ！」

伊沢与志子は半分ほど呑み込んだところで呻《うめ》き声を上げ、膨らませた鼻から棒のような息を吐く。唇の端から涎《よだれ》を垂らし、涙目になっている。せっかくの美貌が台無しだ。普段は頭取のフニャチンばかりくわえているため、太くて硬いペニスには慣れていないのだろう。

「与志子さん、私がお手本をお見せするわ。棒を振るのは与志子さんの方が上手だけど、棒をくわえるのは私の方が得意のようね」

美和さんが隣にひざまずくと、伊沢与志子はくわえていた勃起ペニスを吐き出し、素直に場所を譲る。

「喉の奥まで呑み込むには、こちらもグリップの角度が大切なの」

美和さんはひざまずいた足の指を立てて両方の踵に尻山を乗せ、勃起ペニスを握ると、水平より三十度ほど上向かせる。そして、実際に根元まで呑み込んで見せた。

「私はこの角度がちょうどいいけど、与志子さんは自分に合った角度を探すことね。はい、やってみて」

ゴルフのレッスンがいつの間にかフェラチオのレッスンになったが、もちろん大歓迎だ。

美和さんの特訓の甲斐があって、伊沢与志子のフェラチオはめきめきと上達し、短時間で陰毛が生い茂る僕の下腹に理知的な美貌を押しつけ、勃起ペニスの根元まで呑み込めるまでになった。大栗のような亀頭が喉奥まで達するディープスロートだ。舌の使い方はまだまだ稚拙《ちせつ》だが、亀頭を絞りあげてくる伊沢与志子の喉奥の感触の素晴らしさは、美和さんにも劣らない。

伊沢与志子の唇が、勃起ペニスの根元から亀頭のエラの部分までスムーズに滑って往復するのを見た美和さんは立ち上がり、僕の耳に甘い吐息を吐きかけたり、耳たぶを甘噛みする。同時に後ろから股間に片手を突っ込み、睾丸を揉み込んだり、肛門の窄まりを指の腹で摩擦してくる。

「おおっ、与志子さん、美和さん、ど、どちらも気持ちよすぎます」

「岡崎くん、与志子さんはね、あなたの精液を飲んでみたいって言ってるの。今まで一度も飲んだことがないんですって」

フェラチオ特訓の合い間に、そんな話までしていたのだ
「ほ、本当ですか？　与志子さん、僕が与志子さんの喉の処女をもらってもいいんですか？」

伊沢与志子は勃起ペニスをくわえたまま上目遣いに見上げ、二度ばかりうなずくと、ギアを一段も二段も上げたストロークを見舞ってくる。ジュボッ、ジュボッという音とともにおちょぼ口から漏れる涎も増え、勃起ペニスの根元から陰嚢を伝ってしたたり落ちる。

「よ、与志子さん、ものすごく気持ちいいですっ！」

美和さんは陰嚢をしたたる伊沢与志子の涎を指先ですくい、僕の肛門の窄まりに塗りつけてマッサージする。僕の下腹で射精感が急速に膨らんでいく。

腰の震えで僕の断末魔を悟った伊沢与志子は、両手を僕の腰に回し、その美貌

を僕の下腹に勢いよく打ちつける。亀頭が喉奥深くに潜り込んだそのとき、喉粘膜で亀頭を絞り上げられる快感と、肛門の窄まりを刺激される快感が融合し、熱いマグマのような塊が勃起ペニスを駆け抜ける。

「も、もう駄目だっ！　出るっ！　与志子さんの口に出るっ！」

精液の太い奔流が伊沢与志子の喉奥を直撃し、そのまま食道になだれ落ちるのが分かった。伊沢与志子は何とか第一弾は飲み下したものの、すぐにむせてしまい、射精途中のペニスを吐き出した。第二弾、第三弾の精液の奔流は伊沢与志子の清楚さと淫乱さが同居する美しい顔面に降り注ぐ。

果てしなく長い時間のように感じられた吐精が終わると、僕は立っていることができず、その場にヘナヘナと座り込んでしまった。

自他ともに精力絶倫を認める僕が、この日わずか二度の射精で、しかも二度ともフェラチオでの射精にもかかわらず、精力も体力も消耗させられたのが分かった。やはり初めての接待旅行の気疲れもあるに違いない。

「与志子さんはそのまま露天風呂に行って、顔を洗ってください。美和さんもどうぞ。僕はここを少し片付けてから行きます」

僕は部屋に露天風呂が付いていることに感謝しながら、浴衣と羽織を脱いで素っ裸になり、その浴衣で精液が飛び散ったテーブルや床を拭いた。

美和さんも伊沢与志子もフェラチオで僕の精液を吸い取ってくれたので、どちらもまだ一度もイッていない。二人にセックスを求められるのではないかと思ったが、二人とも静かに温泉に浸かり、掛け流しの無色透明の湯に美しい裸身を浸している。

初めて見る全裸の伊沢与志子の肌は月の光に白く輝き、楔のように鋭く刈り込まれた漆黒《しっこく》の陰毛が、恥丘の上で揺れている。青葉トラスト銀行の応接室で会ったときも、この楔型と同じぐらい鋭い角度のハイレグパンティーを穿いていたのを思い出した。恥丘に楔形に残された部分以外は完璧な脱毛処理が施されているようだ。

どちらかと言うと細身で均整の取れた下半身に対して、上半身では、小ぶりのスイカを二つに割って貼りつけたような乳房が湯に浮かんで揺れている。美和さんの乳房もたわわだが、伊沢与志子も負けてはいない。その頂点に、色も大きさもサクランボのような乳首が載っている。

「あなた、ご苦労さま」

「岡崎さん、どうぞ、こちらに」

いずれ劣らぬ美熟女の間に身体を沈めると、美和さんは右から、伊沢与志子は左から、すっかり萎えてしまったペニスや睾丸を柔らかい手で撫で、精液やイキ潮のぬめりを落としくれる。

「ああ、まるで天国にいるような気分です」

美熟女の四本の手に股間をまさぐられるのは気持ちがいいが、二人も勃起させようとはせず、それぞれに僕の手を取り、美和さんはクリトリスに、伊沢与志子は膣穴に僕の指を置いた。

二人は両手で自分の乳首を責め、僕の指を股間に使ってオナニーを始めた。僕は右手の親指と人差し指、中指の三本で美和さんのクリトリスをこね、左手の中指と薬指を伊沢与志子の膣穴に挿入し、膣粘膜を摩擦する。伊沢与志子の生殖器官は、膣口の締まりも膣粘膜の蠢きもかなりのものだ。明日は肛門の窄まりと合わせて、この膣穴の味見もさせてもらうとしよう。

およそ十分後、二人はほとんど同時に絶頂を迎えた。それを機にこの夜の饗宴はお開きとなり、伊沢与志子は自分の部屋に戻った。僕は美和さんの部屋に残り、一つの布団で抱き合って寝た。

翌朝は七時に目を覚まし、部屋付きの露天風呂に漬かっていると、美和さんもやって来て、日課の朝フェラで抜いてくれた。僕と美和さんは浴衣に羽織着姿で朝食のために昨夜と同じ離れに八時に行くと、白地にグリーンのリーフ柄のワンピースに身を包んだ伊沢与志子が、昨夜と同じ上座に着き、仲居さんが淹《い》れてくれたお茶を飲んでいた。

「おはようございます。与志子さん、ぐっすりとお休みになれましたか？」

「ありがとうございます。おかげさまで、久しぶりに熟睡できました」

美和さんと並んで下座に坐ると、まずショートボブに縁取られた清々しい笑顔が目に飛び込んできた。この知的で美しい女性が、昨夜は勃起ペニスの吐精を喉奥と顔面で受け止め、僕の指で絶頂を極めたのだ。

続いて座卓越しに目に飛び込んできたのは、正座している太ももの奥の三角地帯に貼り付いた純白のパンティーの股布だ。昨夜、楔形の陰毛から想像した通り、かなり際どいハイレグパンティーだ。さっき美和さんにフェラチオで抜いてもらったばかりだというのに、ペニスに血液がドクッと流入した。

チェックアウトの十時前、太もも剥き出しのミニワンピースに白いジャケットを羽織った伊沢与志子と二人で待っていると、キャスター付きのスーツケースを引っ張った美和さんが現れた。白いワンピースに昨日と同じライトブルーのジャケットという出で立ちだが、ワンピースの丈は伊沢与志子のワンピースに輪をかけた短さだ。この分だと、今日も何度も勃起させられそうだ。

午前十一時に熱海港を出発した高速船は、一時間足らずの船旅で伊豆大之島港に到着した。桟橋《さんばし》で待っていた高木不動産の現地責任者は、タラップから降りてきた美熟女二人の超ミニスカート姿を見てタジタジとなりながらも、リゾート開発予定地を案内してくれた。

その予定地は、椿《つばき》農園と原野が入り交じる広大な土地だ。中核施設となるホテルの建設予定地は椿農園の緑に囲まれた台地で、ゴルフコースは海沿いの原野の地形を生かして造られる。伊沢与志子はホテル建設予定地の椿農園にはさほど関心を示さなかったが、ゴルフコース予定地では「テレビで見たイギリスの名門コースの地形に似てるわ」と感想を漏らした。

二時間ほどの現地視察を終え、寿司屋で名物だというべっこう寿司に舌鼓を打った後、現地責任者が運転する車で三ツ原山《みはらやま》の中腹にある宿泊先の温泉ホテルにチェックインした。

「明日は午前十時に、このホテルの会議室で、地権者の皆様との会合にご出席いただきます。皆さん、当社のリゾート開発計画に好意的でございます」

現地責任者はそう言って引き上げていった。

チェックインを済ませると、美和さんがかねて用意していた提案をする。

「与志子さん、このホテルの屋上に貸し切りの展望露天風呂があって、予約を入れてあるの。よかったら、お部屋に荷物を置いた後で、いかがかしら？　岡崎も一緒だけど……」

ビジネスモードに入っている伊沢与志子にそんなことを言って大丈夫かと心配したが、美和さんは女同士だけあって、伊沢与志子の本性を見抜いていた。伊沢与志子は一瞬だけ戸惑いの表情を見せたが、次の瞬間には昨夜と同じ淫乱モードに豹変した。

「ええ、いいわよ。美和さんのお誘いなら……断れないものね」

「じゃあ、四時に　屋上で。岡崎くんも分かったわね？」

「はい、分かりました。ありがとうございます」

一晩かけて伊沢与志子の肛門の窄まりを攻略するというメインイベントの幕開けだ。僕は美熟女二人と絡み合う自分の姿を思い描き、武者震いした。


伊沢与志子がバスタオルを身体に巻いて展望露天風呂に現れたとき、美和さんは総檜《ひのき》造りの湯船の縁に頭を預け、両脚を湯に浸かった僕の肩に乗せ、僕のクンニを受けていた。内風呂なら美和さんに湯船の縁に腰かけてもらうところだが、春はまだ浅く、寒い。そのため、ソープランドの潜望鏡フェラならぬ、逆潜望鏡クンニとなったのだ。

「与志子さん、お先に岡崎くんのクンニ、いただいてました」

「私、てっきり美和さんが岡崎さんにおフェラしているものと思ってたわ」

「一応、私の方が年上だし、上司でもあるわけだから、たまにはその権限を行使しなくちゃ。それに、岡崎くんも喜んでしてくれてるから、パワハラにはあたらないわ」

伊沢与志子は手近な石の上にバスタオルを置いて全裸になったものの、さすがに恥ずかしいと見えて両手で胸と股間を隠し、湯に身体を沈めた。

「岡崎くんのクンニ、とっても上手で気持ちいいから、与志子さんもやってもらうといいわよ」

まるで肩でも揉んでもらえばと言っているような気軽な口調だ。

「岡崎くん、私は後でいいから、先に与志子さんを気持ちよくしてあげて」

「はい、分かりました。与志子さん、失礼します」

美和さんの脚に代えて伊沢与志子の両脚を肩に担ぎ、股間を隠している手をどかせると、昨夜は見ることができなかった生殖器官が、目の前で満開の花を咲かせている。やはり大陰唇から会陰、肛門の周辺まで毛穴一つ見えない完璧な脱毛が施されている。色素沈着も薄く、小陰唇のほころびも小さい。風貌と同様に清楚な佇まいだ。

楔の形に刈り込まれた陰毛が指し示すところ、陰核包皮の間からクリトリスがわずかに頭を覗かせている。僕は舌先で包皮を割り、歯列を使ってクリトリスの根元まで剥き下ろすと、舌の腹で根元から頂点まで丁寧に何度も舐め上げ、舌先で頂点を往復ビンタするように弾く。やや大ぶりのクリトリスが一層大きく、硬く屹立する。

「ほ、本当だわっ！　クンニだけでイカされそうっ！　私、こ、こんなことになるなんて……」

「でもね、岡崎くんのクンニは、まだこれからよ」

それを聞いた伊沢与志子は、無花果の実のように流麗な腰を持ち上げ、次の段階のクンニを要求する。クンニするまでは太ももや尻山と変わらない色をしていた大陰唇から会陰にかけて、鮮やかなオレンジ色に染まっている。昂奮すると、生殖器官の色が変わる体質らしい。

僕は改めて唇をクリトリスに被せ直し、強く吸引する。

「そ、そんなに強く吸われたら……クリちゃんが引き抜かれそうっ」

舌先をプロペラのように回転させ、強く吸引されて伸びたクリトリスを螺旋《らせん》状に舐め上げ、舐め下ろす。途端に伊沢与志子の腰が暴れ始めた。

「岡崎くん、与志子さんにとどめを刺してあげなさい」

何だか音声で操作されるクンニマシンみたいだが、取りあえず気にしないでおこう。舌先での愛撫と吸引を続けながら、歯列で剥き下ろした包皮をさらに剥き下げ、クリトリスの根元のまだ埋もれていた根っこの部分を甘噛みする。

「おおおっ！　痛いけど……気持ちいいっ！　な、何をしたの？」

「クリトリスの根っこを甘噛みしてるのよ」

僕の代わりに美和さんが答えてくれた。

「あ、甘噛み？　怖いわ。噛み切ったりしないわよね？」

快感のままに腰を暴れさせたいけど、そうするとクリトリスを噛み切られてしまうかもしれないという恐怖やもどかしさが、快感を増幅させるのだ。

だが、すぐに快感が恐怖に打ち勝ち、伊沢与志子は僕を跳ね飛ばす勢いで腰を突き上げる。露天風呂の縁に預けた後頭部を支点に、尻山を完全に水面から離れるほど持ち上げ、背中で見事なアーチを描いた。

「イクッ！　岡崎さんのクンニで……イクッ！」

次の瞬間、伊沢与志子の膣穴からイキ潮が噴き上がった。

「わあっ、すごいっ！　与志子さんのお潮で、虹が架かってるわ」

僕の顔面を直撃したイキ潮が細かい飛沫となって空中に舞い上がり、伊豆半島の彼方《かなた》に沈もうとしている夕陽を受けたのだ。伊沢与志子も腰を突き上げたまま、自分のイキ潮が作る虹を呆然と見上げている。

長いイキ潮噴射が終わると、伊沢与志子は突き上げていた腰をようやく下ろし、露天風呂の湯に胸まで浸かった。

「こんなことって……クンニだけでイッた上に、お潮まで噴くなんて。私、お潮噴いたの初めてなの」

イキ潮絶頂の余韻から覚めて落ち着きを取り戻した伊沢与志子は、出産直後の妊婦のように解脱したような表情をしている。生殖器官の中に溜まっていた老廃物が洗い流され、身体の内側からデトックスされたのだ。

「与志子さん、昨日はディープスロートで初めて精液を飲んで、今日はクンニで初めてお潮を噴いたんでしょ？　ついでに、もう一つの『初めて』を経験してみない？　それは、もっと気持ちいいわよ」

伊沢与志子が表情をパッと明るくして、僕と美和さんを交互に見る。

「もう一つというのは……お、お尻の穴でセックスすること？」

伊沢与志子はやはり、昨日の露天風呂での僕と美和さんの会話――「藤堂室長は僕のデカマラで、オマ×コだけでなくお尻の穴でもイキまくってるんだから、文句は言えませんよ」――を覚えていたのだ。

「そうよ。与志子さん、アナルセックスの経験はあるの？」

伊沢与志子は期待と不安が半々の表情で首を横に振る。

「だったら、岡崎くんにアナル処女を奪ってもらうといいわ。私も岡崎くんにアナルセックスの素晴らしさを教えられて、今じゃ病みつきになっちゃった。こうして話しているだけで、お尻の穴が疼いてきちゃうぐらいよ」

「お、お尻の穴でするのって、そ、そんなに気持ちいいの？　あんなに大きなオチ×チンだと、お尻の穴が裂けたりしないのかしら？」

「大丈夫よ。万が一にも裂けたりしないように、肛門の窄まりがトロトロになるまで、私が舐めてほぐしてあげるから」

解脱したように清々しく見えた伊沢与志子の顔に、またもや淫乱の相がはっきりと浮かんだ。その表情には、アナルセックスだけでなく、美和さんに肛門の窄まりを舐められることへの期待も込められているようだ。

「じゃあ、本番は夕食の後にお部屋でということにして、ここでは、ちょっと味見をさせていただくわ」

「あ、味見？　今ここで？」

「そうよ。与志子さん、お尻をこちらにちょうだい」

伊沢与志子は美和さんの言葉に素直に従い、湯の中に立つと、湯船の縁に手を突いて美和さんの方に尻を突き出す。美和さんは伊沢与志子の尻山に両手をかけて割り広げ、歓声を上げた。

「まあ、きれいっ！　与志子さんのお尻の窄まり、とってもきれいなオレンジ色をしてるわ。おいしそうっ！」

先ほど垣間見た生殖器官も、オレンジ色に染まっていた。僕は、そして恐らく美和さんも、無意識のうちに亜紀子大人の褐色の陰裂や黒光りする肛門の窄まりと比較していた。

本来なら他人に見られるのは恥ずかしい排泄器官であっても、褒められればうれしいらしい。伊沢与志子はうっとりとした表情で目を閉じ、同性の手で割られた尻山をさらに押し出してきた。

美和さんは伊沢与志子の肛門の窄まりを右手の人差し指の腹で撫で、軽く悲鳴を上げさせてから、そのオレンジ色の窄まりに唇を被せた。

「はうっ！　いきなり、そ、そんなに奥まで……ああんっ、舌が中に入ってるわ。くすぐったいっ！」

ええっ？　初めて舌を受ける肛門の窄まりが、そんなに簡単に舌を受け入れるとは思えない。もしかしたら、伊沢与志子の肛門は、舌がスルリと入ってしまうほどユルユルなのか？

それは夜に改めて確かめることにして、取りあえず美和さんが伊沢与志子の肛門の窄まりを口唇愛撫している今は、僕はさっきまでクンニリングスをしていた美和さんの膣穴をいただくことにした。湯に沈んでいる美和さんの尻を持ち上げると、美和さんは僕の意図を察し、深く前屈したまま脚を肩幅より広く開いてくれた。そのまま立ちバックの体勢で膣穴に挿入する。

総檜造りの浴槽の縁に伊沢与志子がつかまって尻を突き出し、美和さんがその尻山の狭間に顔を突っ込んで肛門の窄まりを舐め、僕はその美和さんの膣穴に立ちバックの体勢で勃起ペニスを挿入している。

ときどき亀頭の先端を美和さんの子宮口に押しつけながら、ゆっくりとしたストロークで美和さんの膣穴を楽しんでいると、五分ほどたったころ、伊沢与志子は美和さんのアナル舐めで、美和さんは勃起ペニスの膣穴挿入で軽い絶頂に達した。

美和さんの膣穴から勃起ペニスを引き抜くと、美熟女同士で絶頂の余韻を噛みしめるように抱き合い、どちらからともなく唇を重ねる。

「お尻の穴を舐められるのが、こんなに気持ちいいなんて……」

「岡崎くんの勃起ペニスで窄まりを押し広げられて、亀頭のエラで直腸のヒダヒダをこすられるのは、この何十倍も気持ちいいのよ」

「そんなに気持ちよかったら……私、死んじゃうかも」

このままレズプレーに入りそうな気配を感じた僕は、小さく咳払《せきばら》いをする。

「あら、岡崎くん、いたの？」

「いたの？　じゃありませんよ。美和さん、これを何とかしてください。お願いします」

勃起ペニスを指差す僕は、かなり情けない顔をしていたのだろう。

「ごめん、ごめん。冗談よ。こっちへいらっしゃい」

美和さんはそう言って、自分と伊沢与志子の間に隙間を作ってくれた。

そこに身体を横たえると、それから十分間にわたって二人の美熟女と交互に口づけを交わしながら、四本の手の二十本の指で勃起ペニスをしごかれ、睾丸を揉み抜かれた。

「美和さん、与志子さん、僕……イ、イキそうですっ！」

すると、美和さんが僕の腰を下から持ち上げ、伊沢与志子が潜望鏡のように突き出た勃起ペニスをくわえ込み、昨夜体得したばかりのディープスロート・フェラを見舞ってくる。

「イクッ！　与志子さんの喉で……イ、イクッ！」

その瞬間、僕は腰を突き上げ、伊沢与志子の喉奥に精液を思いっきりしぶかせた。今夜、伊沢与志子のアナル処女をいただくのをメインディッシュとすれば、前菜としては十分すぎるほど気持ちのいい、会心の射精だった。

夕食はホテル内のレストランで、伊豆大之島の山海の幸を堪能した。ほかに家族連れが三組ほどいたが、浴衣に羽織姿の妖艶な美和さんと清楚な伊沢与志子の美しさは際立っており、三人の父親たちはそれぞれの家族との会話は上の空で、二人の美熟女をチラチラと眺めている。

男たちのそんな視線には慣れっこになっている二人は気にする様子はなく、地元産の芋焼酎の水割りを楽しんだ。二人で七二〇ミリリットルのボトルを空けただけなのは、昨夜は酒豪級の飲みっぷりを見せた伊沢与志子が、食後のアナルセックスに備えて控えたためだ。

僕が自分の部屋に用意されていた三組のバスタオルとフェイスタオルのセットに、潤滑ローション代わりのオリーブオイルを入れたボトルを手に美和さんの部屋に行くと、美和さんと伊沢与志子はダブルベッドの上で抱き合い、お互いの唇を貪り合っていた。

「あなたが遅いから、待ちくたびれて、二人で始めちゃったわよ」

僕が自分の部屋にいた時間は、せいぜい十分ぐらいだ。展望露天風呂で最後に軽くイッた快感が身体の奥に熾火《おきび》となって残り、一刻の猶予もならないほど生殖器官を疼かせていたのだ。レストランでも、男たちのいやらしい視線を浴びながら、二人とも膣穴をビショビショに濡らしていたはずだが、そんな素振りは露ほども見せず、楽しそうに食べたり飲んだりしていたわけだ。

「そんなところに突っ立てないで、早く裸になって、私たちの浴衣と羽織も脱がせてちょうだい」

自己中心モードに入ったときの美和さんには、何を言っても無駄だ。ベッドの上にタオルを置き、素っ裸になってベッドに上がると、二人の羽織と浴衣を剥ぎ取った。二人とも、それだけで全裸になった。

ベッドに仰向けになった美和さんの腰を、伊沢与志子が膝で跨ぎ、四つん這いになって再び口づけを始めた。オレンジ色に色づく肛門の窄まりと淫裂が、シーリングライトの煌々《こうこう》たる明かりを受け、ひと際鮮やかに浮かび上がる。

伊沢与志子の尻山を割り開くと、その肛門の窄まりに顕著な特徴があることが分かった。肉厚で盛り上がった美和さんの窄まりとは逆に、人並み以上に深く窪んでいるのだ。人によっては、深い窪みに虫を誘い込んで捕食するオレンジ色の食虫花に見えたり、オレンジ色の砂に掘られた蟻《あり》地獄のように見えるかもしれない。

食虫花であれ蟻地獄であれ、その鮮やかなオレンジ色と淫臭は、僕の脳髄を痺れさせ、哀れな昆虫のように吸い寄せられる。窄まりに唇をスッポリと被せて舌を伸ばすと、確かにかなり奥まで舌がスルスルと入っていく。でも、それは窄まりをこじ開けて肛門括約筋の内側に侵入したわけではない。あくまでも、外側の窄まりを舐めているだけだ。

「お、岡崎さん……そ、そんなに奥まで舐められたら、くすぐったいわ」

普通なら、窄まりを強く吸引しながらシワを一本一本掘り起こすように舐めるところだが、これだけ窄まりが深いと、その技が使えない。かと言って、このまま舐め続けるのは美和さんと同じになって、芸がない。

「岡崎さん、このままじゃ蛇の生殺しよッ！　何とかしてちょうだいっ！」

「はい、ただ今っ！」

と返事をした瞬間、ふと気づいた。これだけ窄まりが深いということは、勃起ペニスの亀頭を受け入れるのに抵抗は小さいはずだ。オリーブオイルのボトルの蓋《ふた》を開け、窄まり……というよりも深い窪みにたっぷりと流し込む。その窪みに指を入れ、おちょぼ口の中心に指先を突き入れた。大した抵抗は受けないまま、溜まったオイルを肛門括約筋の内側に塗り込んでいくと、オリーブオイルは面白いように直腸に吸い込まれる。

「はうっ！　お尻の穴に指と一緒にヌルヌルの液体が入ってるっ！　だんだんと気持ちよくなってきたわっ！」

伊沢与志子の肛門の窄まりは、異物の侵入を易々と許してしまうだけのユル尻なのか？　それとも素晴らしい感度を持った名器なのか？　その結論は、アナル処女をいただいてから判断すればいい。とにかく、受け入れ態勢はできている。

美和さんは下から伊沢与志子を抱き締め、気持ちを落ち着かせてやろうと、やさしく背中を撫でている。

「いきますよ。与志子さんのアナル処女をいただきます」

そう言って勃起ペニスの先端を伊沢与志子の尻穴に押しつけたものの、パンパンに膨らんだ亀頭の半分が窪みに入り込んでも、まだ窄まりをこじ開けるには至らない。一瞬、底なし沼にペニスを突っ込んだような恐怖を感じたが、ここで引くわけにはいかない。

亀頭の先端に体重を載せると、案の定、窄まりは抵抗らしい抵抗もせず、苦もなく亀頭を呑み込んだ。そして、そのままの勢いで勃起ペニスは根元まで埋まってしまった。

「入ったっ！　入ったのねっ？」

「はい、入りました。与志子さんの肛門の処女、確かにいただきました」

伊沢与志子の排泄器官は、破瓜されたというのに、痛みも圧迫感も感じていないらしい。やっぱり、ただのユル尻だったかと拍子抜けし、勃起ペニスを引こうとしたときだった。

伊沢与志子の尻穴が突然、牙を剥いて襲いかかってきた。肛門の窄まりが、勃起ペニスの根元近くをギリギリと締め上げてきたのだ。

伊沢与志子の極端に深く窪んだ肛門の窄まりは逆流を防ぐ弁のように、押し入ることは楽にできても、後ろに引くのは難しい構造になっているらしい。魚や動物を捕獲するワナのようでもある。そのワナが出入り口をきつく絞ってきているのだ。

下腹をすでに伊沢与志子の尻山に密着させているため、これ以上に押し込むことも引くこともできず、パニックに陥った。

「与志子さん、岡崎くん、どうしたの？　二人とも怖い顔しちゃって」

伊沢与志子の下に組み敷かれている美和さんが、怪訝そうな表情で尋ねる。どうやら伊沢与志子にも異変が起きているらしい。

「与志子さんの肛門からチ×ポが抜けないんです。おまけに根元をギリギリと締め上げられて、ちょん切られてしまいそうなんです」

「私だってお尻の穴を緩めたいけど、だ、駄目なの。もしかしたら、痙攣しちゃったみたい」

肛門括約筋が痙攣？　と、そのとき、あることがひらめいた。

マンションの管理人をしていたとき、住人の超美熟女の多佳子さんがディルドオナニーをしていて膣痙攣を起こしたことがあり、僕がアナルマッサージをしてディルドを抜いてあげた。だから、今はその逆に、膣穴をマッサージすればアナル痙攣が治まるのではないか？

「み、美和さん、与志子さんのオマ×コをマッサージしてみてください。そうしたら、お尻の穴の痙攣が止まるかもしれません」

「美和さん、わ、私からもお願いするわ」

「分かった。やってみるわね」

美和さんは伊沢与志子の身体の下で器用に向きを換え、伊沢与志子の股間の下に顔を出した。

「与志子さん、いくわよ。まずは、人差し指と中指と薬指の三本で撫でてみるわね」

美和さんは小陰唇と膣口を三本指の腹で撫でているようだ。すると、切羽詰まった伊沢与志子の催促が飛んできた。

「そ、そんな柔《やわ》なマッサージじゃ、全然効かないわっ！　もっと思い切ってオマ×コをかき混ぜてちょうだいっ！」

「それじゃあ、遠慮なくやらせてもらうわよ」

美和さんがちょっとヤケ気味に答えた直後、ズボッという音とともに、僕の勃起ペニスの裏に美和さんの指を感じた。美和さんは三本の指を根元まで突っ込んだのだ。

「おおおおっ！　す、すごいわっ！　お尻の穴とオマ×コを同時に責められるのが、こ、こんなに気持ちいいなんてっ！」

その瞬間、伊沢与志子の肛門括約筋の痙攣が解け、締めつけが緩んだ。その隙を見て、僕は下腹を伊沢与志子の尻山から力任せに引き剥がす。すると、尻穴の奥深くに沈み込んでいた窄まりが外側にめくれ返り、オリーブオイルまみれの勃起ペニスの肉茎が姿を現した。

「な、何てことだっ！　よ、与志子さんの尻穴が裏返ったたっ！」

僕はもう一度、肉茎の根元まで押し込んだ。また抜けなくなるのでは？　という恐怖はあるが、直腸と膣穴を隔てる肉壁越しに感じた美和さんの指が気持ちよすぎたからだ。美和さんと最初にアナルセックスをしたとき、美和さんの膣穴には極太ディルドを挿入したが、無機質なディルドと美和さんのしなやかな指とでは、肉壁越しの気持ちよさが大違いだ。

奥まで挿入した後でまた勃起ペニスを引き出すと、肉茎にオリーブオイル以外の粘液にまみれていた。伊沢与志子の直腸粘液だ。おかげで、肛門の窄まりの滑りが格段によくなり、スムーズに抜き挿しができるようになった。窄まりも勃起ペニスのストロークに順応している。膣穴では、美和さんが三本の指を蠢かせ、勃起ペニスの裏側を微妙に刺激してくる。

「ああんっ、お尻の穴も、オマ×コも……す、すごいわっ！」

「ぼ、僕もですっ！　与志子さんの尻穴も、美和さんの指も、き、気持ちよすぎますっ！　イ、イキそうだっ！」

「イクッ！　与志子、イッちゃうわっ！　いやぁぁぁっ！」

伊沢与志子が膝立ちして天を仰いだとき、美和さんは伊沢与志子の膣穴から指を抜き、傍らに用意しておいたバスタオルを素早く膣穴に押し当てる。

「ぼ、僕も……イクッ！」

「噴くっ！　また、お潮を噴いちゃうっ！」

僕が伊沢与志子の直腸に精液をしぶかせている間に、美和さんが手にしたバスタオルがみるみる濡れていく。この日二度目のイキ潮噴射だけに、幸いにもバスタオルからしたたり落ちるほどではなかったが……。

この夜はその後、美和さんの直腸に一度、伊沢与志子にせがまれて肛門にもう一度の吐精をした。伊沢与志子は美和さんと僕の思惑通り、一夜にしてアナルセックスの虜となった。

翌朝十時ちょうどに、高木不動産の現地責任者の司会で、リゾート建設予定地の地権者たちとの懇親会《こんしん》が始まった。

作業着姿も目立つおよそ二十人の地権者とその家族たちを前に、まずはスカートスーツ姿の美和さんが前に立ち、プロジェクターに映し出されたホテルやゴルフ場、観光椿園などの精巧な完成予想図を説明していく。だが、参加した地権者の男たちの多くは、コンピューターグラフィックで精巧に作り上げられた映像はそっちのけで、タイトなミニスカートからニョッキリとむき出しになった美和さんの太ももを目で追っている。美和さんが一歩歩くごとにスカートの裾がズリ上がり、あと少しでパンティーの股布が見えるというところで、美和さんがスカートの裾を下ろす。すると、そのたびに会場から露骨な溜め息が漏れる。

説明は三十分ほどで終わり、レストランに移動して懇親会となった。美和さんの回りには水割りやビールのグラスを手にした男たちの輪ができ、美和さんの肩に腕を回してスマートフォンでツーショットを自撮りする。

そんな様子をこちらも超ミニワンピース姿の伊沢与志子と一緒に見守っていると、一人の大柄な女性が近寄ってきた。つばの広い麦わら帽子を被り、泥に汚れた作業服を着て、やはり泥のついた黒い長靴を履いている。ここに来る直前まで農作業をしていたのだろう。身長は僕より少し低いぐらいだから、一七〇センチはありそうだ。

現地責任者のレクチャーによれば、リゾートの中核施設であるホテルとゴルフ場のクラブハウスの建設予定地にある椿の大農園の地権者、大岳絵以子《おおたけえいこ》、五十歳だ。しかし、裕福な大地主の女当主というよりも、昭和の匂いがプンプンする農家のオバチャンというイメージが強い。

「あなたたちも高木不動産の方？」

「初めまして、大岳様。リゾート開発推進室の岡崎慎太郎と申します。本日はよくおいでくださいました。こちらは……」

自分は型どおりに名刺を渡して名乗ったが、他社の人間を僕が勝手に紹介していいものかと迷っていると、伊沢与志子がすかさず名刺を差し出した。

「青葉トラスト銀行の伊沢と申します。資産運用など、当行にご相談いただければ幸いです」

「岡崎さんとお話があるの。ちょっとお借りしてもよろしいかしら」

「もちろんですわ」

大岳絵以子は僕を会場の隅に連れて行くと、ヒソヒソ声で話しかけてきた。

「あなた、若いに似合わず、きれいな熟女二人を相手に、随分といい思いをしてるそうね」

出し抜けにそう言われて、動揺を隠すことができなかった。

「ど、ど、ど、どう言う意味ですか？」

「しらばっくれても無駄よ。ちょっと、確かめさせてもらうわ」

大岳絵以子はいきなりスラックスの上から僕のペニスを握ってきた。大きさを測るように、肉茎の根元から亀頭の先端まで、ヤワヤワと揉み上げる。

「硬さからして半勃ちってところだけど、それでこの大きさなら十分よ。文句なしだわ。それじゃあ、近々お会いしましょ」

大岳絵以子はそれだけ言うと、ペニスから手を離し、会場から出て行った。

確かに、美和さんと伊沢与志子の太ももを見ていて半勃ちしているのは事実だが、「十分よ」とか「文句なし」とは、どういうことなのか。僕は立ち尽くし、玄関前に停めた軽トラに乗り込む作業着の後ろ姿を見送った。

そんなハプニングに見舞われながらも、地権者たちとの懇親会も無事に終わり、僕たち三人は午後二時の飛行機で伊豆大之島を発ち、わずか二十五分で東京の調布飛行場に降り立った。

調布飛行場には黒塗りのハイヤー二台が待っており、一台に伊沢与志子が乗り、もう一台に美和さんと僕が乗り込んだ。

伊沢与志子は帰りの飛行機の中で、次のように言って今回のリゾート開発プロジェクトへの融資を認める約束をしてくれた。

「最高責任者が美和さんなら安心だわ。この素晴らしいプロジェクトに、当行は喜んで融資させていただきます」

ただし、週に一度、伊沢与志子に工事の進捗状況の報告するという条件を付けてきた。伊沢与志子が何を求めているのか分かった。もちろん、美和さんも僕も承諾した。

第四章　島一番の名家未亡人はトルネード・アヌスの超名器

伊豆大之島視察から戻って五日後の金曜日午前、高木不動産と青葉トラスト銀行の間で、リゾート開発への融資契約締結式が行われた。高木不動産からは高木耕太郎社長、藤堂美和リゾート開発推進室長が出席し、青葉トラスト銀行からは頭取と融資担当取締役の伊沢与志子が出席した。

僕も美和さんのお供で立ち会うはずだったが、昨夜になって伊豆大之島の現地責任者から、有力地権者の大岳絵以子が僕を伊豆大之島に寄こすように要求していると、美和さんに連絡が入った。僕を呼び付ける理由は不明だが、とにかく最重要地権者の機嫌を損ねるわけにはいかない。僕は朝イチに東京の竹芝《たけしば》桟橋を出航する高速船に乗り、島に向かった。

高速船の中で僕は、改めて現地責任者からメールで送られてきた大岳絵以子の資料に目を通した。

大岳家は江戸時代まで島の半分以上を支配してきた名主で、絵以子はその十六代目当主にあたる。島の中心部に広大な椿農園を所有し、椿の実を搾った島の特産品の椿油の製造・販売のほか、最近はやりの農家レストランや土産物《みやげもの》店を経営する事業家でもある。だが、一週間前の懇親会での『昭和の匂いがする農家のオバチャン』のイメージが強すぎて、それを実業家の姿と重ね合わせることができなかった。

私生活では、大岳家の一人娘である絵以子は婿を取ったが、子供ができないまま、夫は十年前になくなったという。さらに、あらかじめ教えられていたパスワードで開いた『極秘』と書かれたファイルには、絵以子に関する驚くべき個人情報が書かれていた。あの現地責任者は人のよさそうな外見に似合わず、いや、だからこそスパイとして優秀なのかもしれない。こう書かれていた。

〈絵以子の夫は伊豆大之島で右に出る者がいない巨根の持ち主だった。絵以子は亡夫の巨根が忘れられず、極太ディルドでオナニーする毎日の模様。これまでに巨根と噂される漁師や船員たちと付き合ったが満足できず、いずれも長続きしな

かった〉

懇親会で絵以子が僕に近づいてきたのは、僕のペニスの大きさを確かめるためだったのだろう。だが、なぜあらかじめ僕に目を付けていたのかは不明だ。絵以子が言ったように、あのときペニスは半勃ちで、スラックスを突き上げるほどの大きさと硬さはなかった。

いずれにしろ、今夜、高木不動産の社運をかけたリゾート開発予定地の大地主、大岳絵以子と一戦交えることになるのは間違いなさそうだ。大岳絵以子の風貌を思い出そうとしたが、つば広の麦わら帽子で顔はよく見えず、泥の付いた作業着のせいで、やはり『昭和の匂いがする農家のオバチャン』というイメージしか思い浮かべられなかった。正直言って、気が重い。

伊豆大之島港で高速船を降りると、まだ三月下旬だというのに、初夏のような陽気だった。桟橋で待っていた現地責任者が、数ヘクタールの広さがある大岳椿園の中心部にあり、樹高数メートルの椿林に囲まれた大岳絵以子の自宅まで車で送ってくれた。

農園の中で最も標高の高い丘の上に野球グラウンドほどの空間が開け、その中央で、江戸時代に建てられた大名主の屋敷の偉容が周囲を圧倒している。農家というよりも、時代劇に出てくる武家屋敷のような豪壮さだ。屋敷の隣の古い納屋《なや》を改造した車庫に、例の軽トラと真っ赤なフェアレディーZが停まっていなければ、そこはまるで江戸時代にタイムスリップしたような空間だった。

ただ、『昭和の匂いがする農家のオバチャン』と真っ赤なフェアレディーZが、どうにも結びつかない。

椿農園には何人かの従業員がいるはずだが、トラクターやほかの農耕機械なども見えないということは、ほかに作業場や倉庫があるに違いない。

「私はこれで引き揚げます。帰りは大岳さんが送ってくれることになっています。それがいつになるかは、岡崎さん次第ですが……」

現地責任者は意味深な言葉を残し、来た道を引き返した。車の音が聞こえたらしく、ノースリーブの白いワンピース姿の美熟女が玄関先に現れ、一人残された僕に微笑みかける。真っ赤なペディキュアが、生脚だと告げている。

そうか、この女がフェアレディーZの持ち主で、大岳絵以子を訪ねてきた友人か何かだろうと推測したが、違った。

「岡崎さん、よくいらしてくださったわ」

声を聞いて、ようやくその女が大岳絵以子本人だと分かった。目の前にいる美熟女が『昭和の匂いがする農家のオバチャン』とはあまりにかけ離れていたからだ。思えば、この時点から、大岳絵以子に主導権を握られていた。

絵以子の身を包む白いワンピースは膝上丈と大人しいものだが、肩や腕は剥き出しで、胸元もV字に大きく割れている。そして、サイズを間違えたのではないかと思うほど、伸縮性のある布地が肉感的な身体にピタリと貼りつく。

緩やかなウェーブがかかったセミロングの黒髪の毛先が、乳房の上で遊ぶ。肌の色はかすかに浅黒い。薄い布地を突き上げ、今にもこぼれ落ちそうな乳房の頂点に大きめの尖りが見えるのは、ノーブラだからだろう。

艶やかな黒髪が縁どる顔には、細い三日月のような眉、クッキリとした二重まぶたの瞳、高い鼻梁《びりょう》とやや膨らんだ鼻翼、上下とも厚めの唇……それら造作の大きいパーツがバランスよく配され、かすかに浅黒い肌と相まって、その昔に大人気を博したハワイ出身のグラビアタレントに似た美人だ。

気の重さはすっかり晴れ、ペニスへの血液流入が始まった。

玄関の間口は三メートル以上あり、踏み石で靴を脱ぎ、天然木フローリングの床に上がるまでに式台《しきだい》、踏み段と登っていく。時代劇ドラマで観たことがあるが、彼女がこの式台がある玄関で迎えてくれたということは、僕を大切な客として迎えるという意思表示だろう。

六畳ほどの広さの玄関の間に上がり、絵以子が左側の引き戸を開けると、そこは、何本かの太い梁《はり》が剥き出しになった広い吹き抜けのリビングだった。

恐らくいくつもの畳の間をぶち抜いてリフォームしたのだろう。玄関の間と同じ天然木フローリングが施され、木目調のアイランドキッチン、左右に五脚ずつの椅子が並ぶ特大のダイニングテーブル、数人が楽に座ることができるソファーとテーブルが置かれている。家具はすべて北欧調のどっしりとした木製で、まるでヨーロッパかどこかの山荘にいるような錯覚に陥る。

テラスに通じる木製サッシ窓から眺める広大な椿農園、南の方角で煙を噴く三ツ原山、屋敷のそこここに飾られた椿の小枝が、伊豆大之島にいることを思い出させる。開け放たれたサッシ窓から入ってくる風が心地よい。

大岳絵以子は僕をリビングの中央に置かれたソファーに座らせた。目の前にある特大の天然木製テーブルに、真っ赤な椿の花を咲かせた小枝と実を付けた小枝が、透明なガラスの花器に生けられている。そこに吹き抜けの天井の天窓から、柔らかな日射しが降り注いでいる。

大岳絵以子はアイランドキッチンの前に立ち、こちらに背を向けて飲み物の用意をしている。尻山のツンとした盛り上がりと、腰の左右への大きな張り出しが、ワンピースの薄い布地を極限にまで引き攣《つ》らせ、黒いTバックパンティーを透かし見せる。このワンピースはやはり、絵以子の身体にはワンサイズ小さいに違いない。それを承知で、わざと見せつけているのだ。

飲み物の入った背の高いグラスを二つ載せたトレーをテーブルに置くと、絵以子は僕の右隣に腰を下ろし、二つのグラスを持ち上げて僕に一つを渡す。緑色のハーブと氷が浮かび、炭酸の泡が勢いよく昇っている。

絵以子がソファーに腰を下ろしたため、ワンピースの裾が雄大な腰回りに引っ張られてズリ上がり、太ももの半分以上が露わになった。ムッチリを通り越して逞《たくま》しい太ももを目にした途端、海綿体に血液がドクドクと脈を打って流入するのが分かった。懇親会のときのように、スラックスの上からペニスを握られたら、勃起中枢を刺激されたことがバレてしまう。

「私にお話というのは、何でしょうか？　先日の懇親会で何か粗相《そそう》でもございましたでしょうか？」

大岳絵以子はそんな僕にニッコリと微笑みかける。

「まずは、お近づきの印に乾杯しましょ。地元の島焼酎を炭酸割りよ。それにうちの家庭菜園で育てたレモンを搾って、ミントの葉っぱを浮かべたの。ヘミングウェイが好きだったたっていうモヒートに似てるでしょ？」

ヘミングウェイの登場に驚きながら乾杯して一口飲むと、口の中にさわやかなレモンの味と香りが広がり、喉の奥に焼酎のアルコールが感じられた。

「おいしい……けど、結構濃いですね、この焼酎」

「普通はアルコール度数二十五度だけど、これは特製の焼酎で四十度以上あるの。飲み過ぎると足腰立たなくなるわよ」

絵以子はそう言いながら、一気に半分ほど飲んだ。伊沢与志子の飲みっぷりもよかったが、大岳絵以子はその上をいっている。

「乾杯も済んだことだし、ビジネスのお話に入りましょ」

大岳絵以子はグラスを持ったまま右脚を左の太ももに乗せ、ソファーの背もたれに背中を預ける。ワンピースの裾が太ももの付け根までズリ上がり、黒いパンティーの股布が見える。

僕は慌ててグラスをテーブルに戻して身構えた。落ち着こうして深呼吸したが、それが間違いだった。大岳絵以子の全身から濃厚なフェロモンが発散され、太ももの付け根の三角地帯から強烈な淫臭が立ち昇っている。それをまともに吸い込んでしまったのだ。熟成しきった生肉が目の前に、食べてくれと言わんばかりに横たわっている。強い島焼酎の酔いも加わり、頭がクラクラしてきた。

「ビ、ビジネスの話って一体……？」

「一週間後の四月一日に、高木不動産と私たち地主との契約書の調印式があるでしょ？」

「そ、その通りですが……」

「私、どうしようかなって、迷ってるのね」

「どうしようかって……ま、まさか？」

絵以子はマドラーで氷をかき混ぜながら答える。

「そうなのよ。先祖伝来の土地を、たとえその一部ではあっても、本土の不動産屋に売ってしまうんですからね。ご先祖さまたちは怒ってるんじゃないかって思ったら怖くて、怖くて……夜も眠れないの」

大岳絵以子が売却する予定の土地は、リゾートの中核施設であるホテルとゴルフ場のクラブハウスが建設される場所だ。絵以子が土地を売らないと言い出したら、プロジェクトは根底から覆《くつがえ》されてしまう。そんなことになれば、僕も美和さんもどこに飛ばされるか分からない。

だが、先日の懇親会でのペニスチェックや今日のエロいワンピース姿からして、絵以子の話には裏がありそうだ。ひとまずは絵以子の真意を探るため、絵以子の気持ちに寄り添って会話を進めることにした。

「確かに、ご先祖様たちが代々守られてきた土地を、自分の代で手放すのは、さぞ複雑なお気持ちでしょうね」

「分かってくれるの？　岡崎さんはやっぱり、私が見込んだ通り、優しくて思いやりのある人だわ」

「で、私に何かできることはないでしょうか？　大岳様の不安を取り除いて、安心して契約書に署名していただくために」

絵以子はグラスをテーブルに置くと、僕に寄りかかり、右肩に頬を乗せてきた。同時に、僕の周囲にフェロモンと淫臭が立ちこめ、島焼酎とレモンの匂いが混じった甘い吐息が耳に吹きかかる。

「ありがとう。岡崎くんなら、そう言ってくれると思ってたわ。じゃあ、早速だけど、遠慮なくいただくわね」

大岳絵以子は言うが早いか、身を乗り出して左腕を僕に首に回し、厚みのある唇を僕の唇に重ねてきた。

天窓から春の柔らかな陽光が降り注ぐ大岳絵以子宅のリビングで、僕の自制心は完全に消滅した。もはやペニスの海綿体に大量の血液がドクドクと音を立てて流入するのを止める術《すべ》はないし、その気も失せている。僕は無駄な抵抗を放棄し、ペニスが勃起するに任せる。

大岳絵以子は右手でスラックスのファスナーを下ろすと、中から睾丸ごと勃起ペニスを引きずり出す。粘度の高い唾液を僕の口に注ぎながら、意外にしなやかな指を巧みに使って勃起ペニスをしごいてくる。

「おおっ！　大岳様、き、気持ちよすぎます」

「本当に大きくて……すっごく硬い。握っていて親指とほかの指がくっつかない太さは久しぶりよ。従妹《いとこ》たちが言ってたこと、嘘じゃなかったのね。長さも十分あって、しごき甲斐があるわ」

従妹が僕の勃起ペニスを知っている？　一体どういうことだ？

「うふふ、どうして私の従妹があなたのオチ×チンのことを知ってるのか、不思議に思ってるのね。私の従妹の一人が、熱海の旅館で仲居をしてるの。そう言えば分かるでしょ。あなたと女上司、それに女銀行員の三人で随分と気持ちよさそうな喘ぎ声を上げていたそうね。翌日は伊豆大之島入りすると聞いて、リゾート開発絡みだとピンときて、私に連絡をくれたの」

あのときは三人とも頭に血が上り、そんなに声が筒抜けになっているとは気づかなかった。

「でもね、それだけじゃないわよ。その従妹の妹があの温泉ホテルに勤めていて、まだ日があるうちから展望露天風呂で悲鳴やら喘ぎ声やらが聞こえてくるので、何事かと見に行ったというの。そこで、あなたの巨根を見て、私に知らせてくれたっていうわけ。その従妹は、私が巨根好きだってことをよく知ってるからね」

それで懇親会の席で、わざわざ情報の真偽を確かめに来たというわけだ。

吉岡《よしおか》さんの極秘ファイルに〈これまでに巨根と噂される漁師や船員と付き合ったが満足できず……〉とあったが、この従妹が露天風呂やホテルに併設されている日帰り温泉の男湯を常日ごろから覗き見ていて、巨根の持ち主の情報を大岳絵以子に知らせていたのかもしれない。

いずれにせよ、僕のペニスはお眼鏡にかなったらしい。大岳絵以子は僕のスラックスとトランクスをまとめて引き剥がし、腰の上に跨がってきた。白いワンピースの裾はウエストまでまくれ上がり、少し脂肪がついた下腹と黒いパンティーの股布を食い込ませた陰裂が白日の下、目の前に晒される。

陰毛は野生のままに放置され、恥丘も大陰唇も漆黒の密林に覆われ、陰裂に食い込んだ股布の両脇から盛大にはみ出している。

「こんなのを見せつけられたら、もう……我慢できないわっ！」

大岳絵以子は陰裂に食い込んでいるパンティーの股布を引き出して脇によけると、勃起ペニスの肉茎を握り、亀頭を膣口に押し当てる。

大岳絵以子の小陰唇は意外にも、色素沈着も鶏のトサカのようなほころびもなく、黒々と生い茂ったジャングルの中でひっそりと息づいている。

それとは対照的に、剛毛を生やした大陰唇は、恥丘の盛り上がりがそのまま左右に割れ、陰核包皮から膣前庭、小陰唇、会陰まで、まるで城を守る土塁のように盛り上がっているのだ。見るからに手強そうな大陰唇だ。

「あのう、大岳様……前戯としてクンニでもいかがですか？」

まずは敵の構造を探ろうとしたのだが、あっさりと拒否された。

「あなたねえ、ずっと砂漠をさまよい歩いて、ようやくオアシスを見つけたとき、まずは手や顔をきれいに洗って……なんて悠長なことをやってられる？　泉に顔を突っ込んでガブガブと水を飲むでしょ？　それと同じよっ！」

「確かに、おっしゃる通りです。では、ご希望の通りに……」

両手で大岳絵以子の腰をつかんで引き下ろすと同時に、下から腰を突き上げる。

偵察作戦がだめなら、奇襲作戦だ。

「ああんっ！　ふ、不意打ちだなんてっ！　でも、いいわっ！　これよっ！　これが欲しかったのっ！」

大岳絵以子は大袈裟に喜んでいるが、勃起ペニスはさしたる締めつけも受けずに根元まで埋まった。僕が今までにお相手した女性の中で一番の大柄な体格をしているから、膣穴も大味なのか？　それとも、美和さんの子宮口がそうだったように、名器に変貌するスイッチがどこかにあるのか。亀頭の先端はすでに子宮口に届いているから、子宮口がスイッチでないことは明らかだ。

大岳絵以子は僕に跨がって腰を上下および前後に動かしながら、ノースリーブのワンピースをもろ肌脱ぎし、たわわな乳房を剥き出しにする。やはりノーブラだった。

目の前に、トロピカルフルーツのパパイアのような量感のある乳房が、ブルンと音を立てて飛び出して揺れている。乳首はテーブルに生けられている椿の花のように赤く、その実のように大ぶりだ。少し浅黒い肌と真っ赤な乳首のコントラストが新鮮に映る。

「岡崎くん、私の乳首を舐めて。そうしてくれると、私、もっと気持ちよくなれると思うの」

僕は大きなクリトリスを責めるつもりで、まずは左の乳首に唇をすっぽりと被せ、乳房から引き抜く勢いで強く吸引する。

「そ、そんなに強く吸ったら……取れちゃうわっ！」

「大丈夫です。取れたりはしません。大岳様には、このぐらいの強さでないと物足りないのでは？」

当てずっぽうも言ってみるものだ。大岳絵以子が、腰の動きをグラインドに替えて答える。

「そ、そうね。こんなに強く吸われたの久しぶりだから驚いたけど、とっても懐かしくて気持ちいい刺激だわ。でも、こんなときに名字で呼ばれるの、興ざめだわ。絵以子でいいわ」

久しぶり？　懐かしい？　もしかしたら亡くなったご主人の愛撫を思い出しているのか？　そこで、一つ賭けに出ることにして、できるだけ重々しい声色を使って呼びかけた。

「絵以子っ！」

「えっ？」

やはり、倍ほども年が離れた熟女、しかもわが社のリゾート開発の成否を握る大地主を呼び捨てにしたのはやりすぎだったか？

だが、次の瞬間、それまで男勝りの勝ち気な表情だった大岳絵以子の顔が、突然のように艶めかしい女の顔に変わった。

「ああっ、あ、あなたっ！　もっと強く吸ってっ！　いっぱい舐めてっ！　痛いぐらいに噛んでっ！」

大岳絵以子が僕の頭を強くかき抱いたため、僕の顔はズッシリとした量感を持つ両の乳房の谷間にはまり込み、尻山で顔面騎乗されたときのように呼吸ができなくなった。

僕は何度か腰を大きく突き上げて大岳絵以子をのけ反らせ、その隙に乳房の谷間から抜け出すと、先ほどの続きで左の乳房に吸いつき、乳首を吸引し、舌先をスクリューのように回転させて舐め、乳首の根元を歯列で甘噛みする。

「す、すごいわっ、岡崎くんっ！　大きくて硬いチ×ポといい、乳首の責め方といい……まるで主人が生き返って責めてくれているみたいだわ」

僕は無言のまま、右の乳房に取りかかり、大岳絵以子に言われた通りに乳首を責める。

「岡崎くん、なんて上手なのっ！　あ、あのきれいな熟女たちがメロメロになったのが……分かる気がするわ」

僕はさらに無言で両の乳首を両手の指先でひねり潰しながら、本格的に腰を突き上げ、グラインドさせる。すると、大岳絵以子の膣穴が粘膜の内側から膨らみ始め、勃起ペニスを圧迫してくる。血圧を測定する器具に腕を圧迫されるような締めつけだ。大岳絵以子の膣穴を名器に変貌させるスイッチは乳首だったのだ。

「絵以子のオマ×コが膨らんで、チ×ポを締め上げてきた」

「あなた、それがとっても気持ちいいって言ってたでしょ」

さっきは僕のことを、岡崎くんと呼んだ。大岳絵以子は決して錯乱しているわけではなく、亡き夫とセックスしている気分を味わいのだ。その芝居に付き合うことにした。

「絵以子のオマ×コはやっぱり最高だっ！。このまま出してもいいか？」

「いいわっ！　わ、私の子宮に……あなたの精子を思いっきりぶちまけてちょうだいっ！」

膣壁はただ肉茎を圧迫するだけでなく、根元から先端に向かって搾り上げるように蠕動する。おまけに、コリコリとしたシリコンゴムのような子宮口が、変幻自在の動きで亀頭をしゃぶってくる。

「おおっ！　た、たまらないっ！　絵以子、イクぞっ！」

「ああっ、あなた、私も一緒にイクッ！　イクッ！　イクッ！」

「出るっ！　絵以子の子宮の中に出るっ！　出るっ！」

射精の第一弾を子宮口にしぶかせたとき、大岳絵以子は背中を大きくのけ反らせ、いきなりソファーに膝立ちした。大岳絵以子の膣穴から抜けて空中に精液の奔流を噴き上げる勃起ペニスを、大岳絵以子のイキ潮の激流が直撃した。

「こ、こんなことって！　一体……何年ぶりかしら？　気持ちよすぎて、お潮が止まらないわっ！」

恐らく未亡人になってからの大岳絵以子は、イキ潮を噴かせてくれる男と出会っていなかったのだろう。長い射精とイキ潮噴射が終わると、二人とも下腹を精液とイキ潮まみれにしたまま抱き合い、激しかった絶頂の余韻に浸った。

改めて周囲を見回すと、ソファーもフローリングの床もイキ潮と精液が飛び散っている。

「部屋をこんなに汚しちゃって、すみません」

「心配ないわ。毎月一回、ここに従業員たちを呼んで無礼講の宴会をするの。みんなグデングデンに酔っ払って酒や料理をよくこぼすから、床はフローリングにしてあるし、ソファーにも撥水加工《はっすい》がしてあるの。だから、後で拭き取るだけできれいになるわ」

「そうですか。それを聞いて安心しました」

「そんなことより、日が傾いてきたわ。うちの露天風呂から見る夕陽は、とってもきれいなのよ。ねえ、お風呂、一緒に入りましょ」

大岳絵以子は緩やかなウエーブがかかった黒髪を後頭部でまとめ、テーブルの上の花器から真っ赤な花を付けた椿の小枝を一本抜き取ると、かんざし代わりにまとめた髪に突き刺した。

赤い椿の花が、やや浅黒く肉感的な裸身によく似合い、中学だか高校の美術の教科書に載っていた絵を思い出した。ゴーギャンが描いたタヒチの女のような美しさだ。

二人とも素っ裸のまま手をつないでテラスに出て、テラスの端に据えられている木製の湯船に浸かった。三畳ほどの広さがあり、掛け流しの湯は熱すぎもせず温すぎもしない。視線を遠くに転じると、広大な椿農園の向こうに太平洋が広がり、遙かに伊豆半島の山並みを望む。

「テラスの床も、この湯船も、うちの椿の大木を伐《き》って作ったの。このお湯もうちの敷地で湧き出している源泉から引いたものよ」

さすがは大名主だった家柄だ。スケールの大きさに圧倒された。しかし、改めて周囲を見回し、囲いも何もないことに気づいた。外から丸見えではないかと尋ねると、これまた豪快な答えが返ってきた。

「私の裸を覗きに来る度胸のある男なんて、この島にはいないわ。そんなヤツがいたら取っ捕まえて、キンタマが空っぽになるまで搾り取ってやるわ」

大岳絵以子ならやりかねない雰囲気があるだけに、ちょっと我が身を心配してしまった。それを悟られまいと西の空を見ると、今まさに夕陽が沈んでいくところだった。

太陽が姿を隠すと、椿農園は漆黒の闇に包まれた。

「内風呂に移りましょ。そっちで岡崎くんにいいことをしてあげるわ。昔はよく主人にしてやったものよ。先に行って、ちょっと待っててね」

露天風呂の近くのドアを開けると、もうそこが内風呂になっていた。大きなガラス窓があり、露天風呂と同じ総椿造りの湯船から外を眺めることができる。その手前の十畳ほどの洗い場にはマットレスやくぐり椅子などが置かれ、まるでソープランドだ。

ひとり湯船に浸かっていると、僕が入ってきたのとは別のドアが開き、大岳絵以子が入ってきた。その姿を見て驚くと同時に、思わず噴き出しそうになった。大岳絵以子は紺と白の市松模様の絣《かすり》の着物を着て、椿の花の刺繍をあしらったピンク色の前垂れをつけ、頭にはやはり椿の花が描かれた手ぬぐいを被っている。観光客に人気の椿娘のコスプレだ。

最初は噴き出しそうになったが、よくよく見ると、薄化粧した大岳絵以子のエキゾチックな美貌に椿娘の衣装はよく似合っている。美熟女が超ミニのセーラー服を着ているのに似た倒錯感もあり、これはこれでエロい。

「さあ、そこのマットレスに仰向けになって」

言われた通りにすると、大岳絵以子は淡い琥珀《こはく》色の液体が入ったボトル手にし、その液体を僕の全身に垂らしていく。

「これはうちの椿の中でも最も状態のいい椿の実を搾って作った椿油よ。言ってみれば、純生一番搾りの最高級椿油よ」

大岳絵以子はその純生一番搾りを僕の身体にも塗りたくると、前垂れの腰紐を解いてハラリと落とした。絣の着物の前が割れ、パパイヤのような量感のある乳房、意外と可憐な臍《へそ》、陰毛が黒々と密生する恥丘、逞しい太ももが露わになった。前垂れの腰紐が着物の帯も兼ねていたのだ。

大岳絵以子は絣の着物を肩に羽織ったまま僕の上に覆い被さり、縦横無尽に身体を滑らせる。マッサージというよりも、ソープランドのマットプレーそのものだ。

「どう？　あなた、気持ちいい？」

「ああ、絵以子はマッサージも最高だっ！」

「何かしてほしいことがあったら、言ってね。フェラチオでもパイズリでも、何でもしてあげるわ」

「じゃあ、そのまま向きを換えてくれ。シックスナインでフェラチオされながら、絵以子のお尻の穴を舐めたい」

大岳絵以子という女性に興味が湧くとともに、どうしてもアナルセックスをせずにはいられなくなってきたのだ。すると、大岳絵以子の口からまたもや意外な告白が漏れた。

「死んだ主人も私のお尻の穴を舐めたがったわ。でも、私、恥ずかしくてそんなことできないって、ずっと断っていたの。これでも私、主人が生きていたころは、しおらしい女だったのよ」

「そんなことなら、無理しなくていいですよ。亡くなったご主人に悪いから、僕は我慢します」

半分はハッタリだが、半分は本音だった。

「ううん、違うわ。主人が死んだ後、あんなに望んでいたんだから、一度ぐらい舐めさせてあげればよかったたって、ずっと思っていたの。たった今、あなたにお尻の穴を舐めたいって言われて、久しぶりにそれを思い出したわ……だから岡崎くん、死んだ主人の供養《くよう》だと思って、私のお尻の穴、思う存分に舐めてちょうだい」

亡き夫の供養に未亡人の尻の穴を舐めるなんて、ご主人は今ごろ、天国で腰を抜かしているのではないか？　だが、そんな気持ちも、大岳絵以子が身体の向きを反転させ、膝立ちして僕の頭を跨ぐまでだった。大岳絵以子が自ら絣の着物の裾をはしょり、目の前で肛門の窄まりが開帳された途端、ご主人のことなど跡形もなく吹き飛んでしまった。

生殖器官と同様に剛毛に囲まれおり、色素沈着もないが、驚いたのはその形状だ。美和さんの肉厚で盛り上がった窄まりも珍しいが、大岳絵以子の肛門の窄まりは、無数のシワが螺旋状に渦を巻きながら肛門括約筋の中に沈み込んでいくというものだ。鳴門《なると》海峡の渦潮《うずしお》のようでもあり、竜巻を上から見るとこんな形かもしれないと思った。トルネード・アヌスとも言うべき肛門の窄まりが、不気味にぬめっている。

一瞬たじろいだが、すぐに好奇心が勝った。ここに勃起ペニスを入れたら、一体どんな快感をもたらしてくれるのか？

「そういうことなら、遠慮なく舐めさせていただきます」

下から見上げると余計に巨大に見える大岳絵以子の尻山に手をかけて割り開き、

その中心にゆっくりと顔を近づけていく。大岳絵以子はフェラチオを施しながら、腰を小さく揺する。アナル舐めを催促しているのだ。

渦を巻く窄まりに唇を被せ、螺旋状のシワと同じ方向に舌先を回転させる。すると、舌先は螺旋状のシワに導かれるように、窄まりの深みへと入っていく。舌先に少し力を込めただけで、窄まりの奥にスルリと入り込んでしまった。

「お、お尻の穴に……舌を入れたのね？　ああんっ、こんなに気持ちいいのなら、主人にいっぱい舐めてもらっておけばよかった」

窄まりを強く吸引しながら舌を出し入れするうち、次第に渦が緩んで広がってきた。そして、勃起ペニスを受け入れる準備が完了したことを示すかのように、窄まりがまるで椿の花のように真っ赤に染まっている。

「岡崎くん、そろそろ私のお尻の穴に、あなたのオチ×チン、入れたくなったんじゃないの？」

「ええっ？　どうして、そ、それを？」

「従妹たちからの情報に決まってるでしょ。熱海の旅館でも、ここのホテルでも、あなたたち三人が、お尻の穴がどうのとか、アナルセックスがどうのとか話していたって聞いたわよ」

「いいんですか？　ご主人にアナル舐めを許さなかったということは、絵以子さんの肛門は処女だっていうことでしょ？」

「いいわ。さっき、何でもしてあげるって言ったでしょ。それに、あの二人の熟女たち、気持ちよすぎて、お潮まで噴いたっていうじゃないの。こんな五十女のお尻の穴でよければ、処女でも何でももらってちょうだい」

大岳絵以子は洗面所からバスタオルを持ってくると、椿油でヌルヌルするマットレスの上にバスタオルを敷き、自ら四つん這いの姿勢をとった。

僕は尻山の後ろにひざまずき、渦を巻く窄まりに自家製椿油をたっぷりと垂らす。その窄まりに亀頭を押し当て、先端に体重をかけていく。すると、大岳絵以子の排泄器官は驚くべき柔軟性を発揮し、螺旋状に並んだシワが順番に広がり、それとともに窄まりが開いていく。

「お、お尻の穴が広がっていくのが、わ、分かるわ。痛くはなさそうだから、思い切り突いてみて！」

アナル処女の大岳絵以子にすっかり主導権を取られてしまい、年齢差もあって、母親にあれこれ命令される子供のような気持ちになった。何だかアナルセックスをするのが親孝行のように感じられ、妙な心持ちだ。

だが、そんな感慨に浸っていられるのも、勃起ペニスがトルネード・アヌスに沈み込むまでだった。

「ああんっ！　入ったっ！　入ったのね？　あなたのオチ×チンっ！」

「おおおっ！　は、入ったけど、絵以子の尻穴、すごすぎるっ！」

大岳絵以子の排泄器官のトルネード構造は、外側の窄まりだけではなく、内側の直腸粘膜にまでつながっていたのだ。窄まりの螺旋状のシワは、肛門括約筋を過ぎると、直腸粘膜の螺旋状のヒダヒダにつながり、渦を巻きながら奥へ奥へと続いている。

そこに無防備に踏み込んだがために、勃起ペニスは直腸粘膜の収縮に伴ってグイグイと締め上げられながら、まるで雑巾を絞るようにねじられ、グイグイと絞りあげられる。

「チ、チ×ポが……絵以子の尻穴でねじ切られそうだっ！」

「わ、私の方も大変よっ！　お尻だけじゃなく、内臓という内臓をグルグルとかき混ぜられているみたいだわっ！」

「これは、た、たまらんっ！　絵以子のお尻の中でイッてもいいか？」

「いいわっ！　私も……もう駄目っ！　お尻が爆発しそうよっ！」

いつもなら肛門括約筋の締めつけと直腸粘膜の絞り上げを心ゆくまで堪能してから吐精するのだが、絵以子の排泄器官はそんな余裕を与えてくれない。あまりに過激な快感から逃れるために、一刻も速く精液をしぶかせたくなるのだ。それは絵以子も同じらしい。

大岳絵以子の巨尻を押さえつけ、勃起ペニスもねじ切れよといわんばかりの激しさでストロークすると、絵以子の尻山と僕の下腹が勢いよくぶつかり、パンッ、パンッ、パンッと音を立て、浴室の壁に反響する。さっきまでいた露天風呂だったら、椿農園中に響き渡っていただろう。

ストローク中も絵以子の直腸粘膜のトルネード絞りは続き、断末魔は僕にも絵以子にもすぐにやってきた。

「イクッ！　絵以子の尻穴でイクッ！」

「絵以子もイキますっ！　お尻の穴でイクッ！」

次の瞬間、大岳絵以子が後ろ足で立っていななく荒れ馬のように、膝立ちして背中を限界まで反らした。だが、リビングでの一戦で絵以子の絶頂ポーズを学習した僕は、暴れる絵以子の尻山に追随し、この日二度目とは思えないほど大量の精液を絵以子の直腸の奥深くにしぶかせる。僕が会心の射精をしている間、絵以子もマットレスに敷いたバスタオルに向かって、この日二度目のイキ潮を噴射した。

その後、一緒にゆったりと温泉に漬かり、ともに二回ずつの射精とイキ潮噴射で心地よく疲れた身体を癒《い》やす。ひと心地ついたところで、大岳絵以子が洗面所のクローゼットから出してきたバスローブを着てダイニングに移り、島焼酎の水割りを飲みながら、大岳絵以子の手料理に舌鼓を打った。

バスローブは恐らくご主人が愛用していたものだろう。僕には少し大きすぎる。二人ともほろ酔いのいい気分になったところで、寝室に連れて行かれ、キングサイズのベッドで全裸のまま抱き合って寝た。

翌朝八時に目覚めたとき、大岳絵以子はベッドにいなかった。バスローブを着てダイニングに行くと、テーブルに「朝のひと仕事をしてきます。サンドイッチを作って冷蔵庫に入れてあるから、食べて待っててね。九時には戻ります」という置き手紙があった。

昨日着ていた洋服も、一泊分の着替えを入れたバッグも見当たらないので、バスローブのままサンドイッチを食べた。手作りサンドイッチの具は、アシタバとツナをマヨネーズで和《あ》えたものと、アシタバとタマネギとベーコンが入ったスクランブルエッグだ。どちらもアシタバのかすかな苦味がアクセントになっていておいしかった。

サンドイッチを食べ終え、リビングに行くと、昨日のイキ潮噴射と射精の跡はきれいに掃除されていた。大岳絵以子は何時に起きて、これだけの炊事と掃除をこなして出かけたのか。寝坊した自分を情けなく思ったのも束の間、満腹と手持ち無沙汰とで睡魔に襲われ、ソファーで二度寝してしまった。

大岳絵以子のトルネード・アヌスの夢を見ていた。ふと気がつくと、その持ち主が目の前に立っていた。先日の懇親会のときと違い、身体にフィットした真っ赤なつなぎ服を着ている。

「サンドイッチは全部食べてくれたようね。お口に合ったかしら？」

「もちろんです。とってもおいしくいただきました。絵以子さんは何をしてきたんですか？」

「二十頭ばかり乳牛を飼っているので、乳搾りよ。夕方の搾乳《さくにゅう》はすべて従業員に任せているけど、朝は牛の体調チェックも兼ねて、私も一緒に搾乳するの」

「絵以子さんはすごいですね。椿油も作れば牛の乳も搾って……」

「岡崎くん、あなたのミルクも搾ってあげる必要がありそうね」

大岳絵以子の視線の先を見ると、バスローブの間から勃起ペニスが頭をだしていた。大岳絵以子のトルネード・アヌスの夢で朝勃ちしていたのだ。

「い、いや、これは……」

「私、ちょっと汗をかいたから、一緒に露天風呂に入りましょ。そこで、あなたのミルクを飲ませてちょうだい」

言うが早いか、大岳絵以子はつなぎ服を脱ぎ、パンティーとブラジャーも取って全裸になり、僕が着ているバスローブを剥ぎ取る。どうやら昨夜の夫婦ごっこは、まだ続いているらしい。

「強引だな。でも、絵以子は言い出すと聞かないからな」

僕が立ち上がると、大岳絵以子は左手に純生一番搾り椿油のボトルを持ち、右手で勃起ペニスをむんずとつかんでテラスに連れ出した。

今日も雲一つない青空が広がる暖かな陽気で、肌寒さは感じない。

大岳絵以子は総椿風呂の縁に僕を腰かけさせ、自分は肩まで湯に浸かってフェラチオを始めた。巨根のご主人を相手にしていただけあって、パンパンに膨らんだ亀頭を、喉奥どころか食道の近くまで難なく呑み込む。

そして、小さく呻き声を発して喉奥の粘膜にバイブレーションをかけたり、唾を呑み込む要領で亀頭を締めつけながら奥へと誘う。膣穴の奥の子宮口に嬲られているような凄まじい快感だ。

「チ、チ×ポが丸ごと吸い込まれていくっ！　絵以子のディープスロート・フェラ、なんてすごいんだっ！」

勃起ペニスを深々とくわえての頭の振りもダイナミックで、射精感が急速に高まっていく。だが、あと少しで吐精するというところで、大岳絵以子は喉奥から勃起ペニスを引き抜き、手コキを施しながら上目遣いに見上げる。

「搾乳のときに牛の乳首を触っていたら、あなたのオチ×チンを思い出して、お尻の穴がムズムズして仕方なかったの。ねえ、あなたの朝一番のミルク、私のお尻の穴で搾らせてもらってもいいかしら?」

大岳絵以子のトルネード・アヌスの夢を見て勃起したペニスだ。僕に異存があるわけがない。

「もちろんです。こっちからお願いしたいくらいです」

「じゃあ、これをお願いね」

大岳絵以子は純生一番搾り椿油を僕に渡すと、湯船の縁に手を突いて尻山を突き出す。まさに夢にまで見たトルネード・アヌスが姿を現した。陽光の直射を浴びる肛門の窄まりは、湯に濡れてキラキラと輝き、アナル絶頂を期待してヒクついている。

改めてつぶさに眺めると、窄まりの面積は五百円玉ほどで、螺旋状に並ぶシワは緻密な上に、一本一本の刻みが深い。これが、勃起ペニスを誘い込むような柔軟性と真綿で締めつけるような厳しい収縮を生むのだ。

今は窄まりがピッチリと閉じているので見ることはできないが、螺旋状のシワは直腸粘膜にまで続き、螺旋状のヒダヒダとなっている。その螺旋状のヒダヒダが、直腸の蠕動運動によりトルネード絞りを起こし、勃起ペニスに襲いかかってくるのだ。これまでにアナルセックスをした相手は皆、それなりにアナル名器の持ち主だったが、これほど恐ろしいまでの快感をもたらす肛門括約筋と直腸粘膜は初めてだ。

自分の妻の肛門の窄まりに興味を抱きながら舐めることさえ許されず、セックスをするためにあるような排泄器官を、自慢の巨根で味わうことができなかった亡きご主人を不憫《ふびん》に思った。

ともあれ、自家製椿油をトルネード・アヌスの中心に垂らし、螺旋状に並んだシワの一本一本に塗り込むように馴染ませていく。

「そ、それも気持ちいいけど……早くあなたのチ×ポで、と、とどめを刺してちょうだいっ！」

昨夜のアナル破瓜のときも勃起ペニスの挿入は比較的スムーズだったが、今朝はこちらが体重をかけてもいないのに、亀頭が吸い込まれるように螺旋状の窄まりに没していく。

だが、穏やかに迎え入れてくれたのは、やはり最初だけだった。根元まで挿入した途端、直腸粘膜の竜巻が昨夜以上の脅威となって襲いかかってきた。勃起ペニスが濡れた真綿でグルグル巻きにされ、その真綿で勃起ペニス全体を激しくしごかれているようだ。

「くううううっ！　え、絵以子の直腸の中で竜巻が暴れてるっ！　なんてすごい快感なんだっ！」

「あなたの……チ、チ×ポに内臓を抉《えぐ》られてるわっ！　こ、こんなに苦しいのに……どうして、こんなに気持ちいいの？」

僕は脂汗を垂らしながら勃起ペニスをゆっくりと抜き挿しし、何とか五分ほどは持ち堪えた。大岳絵以子も歯を食いしばり、快感というよりも苦悶に近い表情を浮かべて耐えてきた。

だが、忍耐もここまでだ。僕は破滅に向かって、大岳絵以子の直腸の奥深くまで勃起ペニスを何度も激しく突き入れる。僕の下腹と大岳絵以子の尻山がぶつかり、パンッ、パンッ、パンッという音が椿農園に響きわたる。ここがさえぎる物のない露天風呂だということ思い出したが、大岳絵以子の肛門括約筋と直腸粘膜のトルネードも最高潮に達していて、もはや二人して奈落の底へ落ちるのを止める手立てはない。

「いやっ！　もういやっ！　私、イキそうっ！」

「俺も、もう我慢できないっ！　イクッ！　イクッ！」

「イクわっ！　私も……イクッ！」

大岳絵以子も僕も、天を仰いで断末魔の絶叫を上げながら、イキ潮と精液をしぶかせた。

大岳絵以子の直腸に僕は精液の最後の一滴を搾り取られ、萎えたペニスを肛門の窄まりから引き抜くと、二人とも湯船の中にへたり込み、肩で息をする。

辺りに静寂が戻り、野鳥の鳴き声が聞こえる。

「絵以子さん、もしかしたら僕たちの叫び声、従業員の人に聞こえたかもしれませんよ」

恐る恐る尋ねると、大岳絵以子はにっこりと笑い返してきた。

「大丈夫よ。皆には向こう一週間、朝夕の搾乳以外の仕事はしなくていいって言ってあるの。だから、夕方までこの農園にいるのは、私たち二人だけよ」

嫌な予感がした。僕の嫌な予感は、よく当たるのだ。

「ええっ？　どうして、そ、そんなことを？」

「言ったでしょ。二人だけでいるためよ。一週間はいつでもどこでも、好きなときに好きな穴でセックスができるわ」

「一週間というと……調印式の日までということですか？　でも、僕は東京に戻らないと……」

「それも、大丈夫よ。搾乳が終わった後、藤堂室長に電話をして、あなたを一週間貸してくれって頼んだの。でないと、気が変わって契約書にサインしないかもって言ったら、すぐにOKしてくれたわ」

一週間もの間、昼夜を問わず、大岳絵以子のトルネード・アヌスに責め立てられるかと思うと、身体が持つかどうか心配になった。すると、大岳絵以子は僕の心を読んだかのように、こう宣言した。

「さあ、そうと決まったら、たっぷりと栄養をつけてもらわないと。お昼は島で一番の料亭に鰻重《うなじゅう》の出前を頼んであるし、夜はネットで取り寄せた最高級神戸牛のステーキよ。今夜はどんなコスプレがいいかも、考えておいてね」

僕は、空腹を覚えたわけでも食欲が湧いてきたわけでないが、ゴクリと唾を呑み込んだ。

実はこのときすでに、美和さんと大岳絵以子の間でもう一つの『密約』が結ばれていたことを、僕は後で知らされることになる。

第五章　元清純派女優の大臣はホスト狂いのアナラー

一週間後、伊豆大之島温泉ホテルで行われたリゾート開発の土地売買契約締結の調印式に、僕は大岳絵以子が運転するフェアレディーZで乗り付けた。ほかの地権者たちはすでに席についており、タイトミニのスカートスーツを着た美和さんが、最も重要な地権者の到着を正面玄関まで出て待っていた。わずか一週間見なかっただけだが、陽光を反射して白く輝くムッチリした太ももがやけに懐《なつ》かしかった。

調印式に遅れそうになったのは、いざ屋敷を出るという段になって、今日の午後には島を離れる僕との別れを惜しんだ大岳絵以子が、この朝二度目のアナルセックスをねだってきたからだ。

この日、淡い紫色のミニワンピースに深紅のジャケットを羽織っている大岳絵以子は、自らワンピースの裾をウエストまでまくり上げると、愛車のボンネットに両手を突き、パンティーストッキングを穿いていない巨大な生尻を僕に向かって突き出した。

「お願い。最後にもう一度お尻にほしいのっ！　今、ここでしてっ！」

僕は黙って後ろに立ち、Tバックパンティーの股布を脇にずらす。

「私のお尻の穴、もうヌルヌルになってるでしょ？　準備完了よ」

大岳絵以子の尻山を両手で割り開くと、確かにトルネード・アヌスは窄まりの奥から分泌された直腸粘液でぬめっており、椿の花のように真っ赤に染まっていた。アナルセックス三昧《ざんまい》だった一週間で、大岳絵以子の排泄器官は完全に第二の性器と化し、尻を後ろに突き出しただけで、パブロフの犬の唾液のように、直腸から潤滑油代わりの粘液が分泌されるのだ。

僕はスラックスのファスナーを下ろし、半勃ちペニスを立ちバック素股の要領で小陰唇にこすりつけ、完全に勃起させてトルネード・アヌスに挿入する。

僕も大岳絵以子も、すぐに凄まじい快感に襲われた。この一週間で絶頂までの耐久時間は十分に延びたが、それ以上耐えるのは、二人とも無理だ。

このときも、ほぼ十分が経過したところで、僕は精液を大岳絵以子の直腸の奥に、大岳絵以子はイキ潮を愛車のボンネットにしぶかせたのだった。

「大岳様、お待ちしておりました。本日はよろしくお願いします」

「あら、藤堂室長さん自らお出迎えとは、光栄だわ」

半ば以上が露わになった大岳絵以子の逞しい太ももと並ぶと、付け根近くまで剥き出しの美和さんの太ももがほっそりと華奢《きゃしゃ》に見える。

大宴会場には「伊豆大之島リゾート開発契約調印式」の横断幕が掲げられ、その前に置かれた長テーブルに約二十人の地権者がズラリと並んで座ぶ。その中央の席が空いているのは、そこが大岳絵以子の席だからだ。

地権者たちと向かい合わせに報道陣の席が設けられ、新聞社やテレビ局の記者やカメラマンが調印式の開始を待っている。高木不動産が往復の高速船代を負担して呼んだマスコミ関係者だ。

地権者たちのテーブルの脇に、高木不動産の高木耕太郎社長と美和さんの席が設けられ、名前と肩書きを書いた名札が垂らされている。美和さんの肩書きは「リゾート開発推進本部　本部長」となっていた。

高木社長が立ち上がって大岳絵以子を迎えると、絵以子は、臣下《しんか》の謁見《えっけん》を受ける女王のような優雅な態度で挨拶する。その模様を新聞社やテレビ局のカメラが捉える。

地権者全員の書名の儀式は三十分ほどで終了し、地権者全員と高木社長、藤堂本部長の記念撮影が行われ、調印式はお開きとなった。

その後、僕は美和さんに会場の隅に呼ばれ、新たな辞令を渡された。

「リゾート開発推進本部　伊豆大之島リゾート建設連絡調整係を命ず」

やたらと長い肩書きに首をひねっていると、美和さんが説明してくれた。

「要するに、週に一回、ここに来て大岳絵以子さんに工事の進捗状況を説明する仕事よ」

副社長夫人の亜紀子夫人、青葉トラスト銀行取締役の伊沢与志子も週に一回の逢瀬が決まっている。そこにまた一人、大岳絵以子が加わった。さすがに、身体が持つのか心配しているところに、当の大岳絵以子がやってきた。

「藤堂本部長さん、さっきは室長なんてお呼びして、ごめんなさいね。それから、岡崎くん、そういうことだから、また来週ね。待ってるわ」

大岳絵以子は辞令書を指差しながらそう言うと、見事な張り出しの腰を左右に大きく振りながら会場を出て行った。盛り上がった尻山がクイッ、クイッと誘うように蠢く。これからは毎週、あの巨尻を相手にするのだ。ますます身体が心配になった。

だが、まもなく週一回の相手がもう一人増えることになるとは、僕も美和さんも予想だにしていなかった。

高木社長や美和さん、それに高木不動産の広報担当者と報道関係者たちと一緒に、僕も午後の高速船で東京に戻った。

その日の夕方、リゾート開発推進本部の新しいオフィスで美和さんたちと一緒にテレビのニュースを見ていたときだった。

「続きまして、大手不動産会社の高木不動産が今日発表した伊豆大之島リゾート開発に関するニュースです。沢口美鳥《さわぐちみどり》環境大臣が、同島固有の動植物を絶滅させる恐れがあるとして、この計画に慎重な姿勢を示したということです。では、環境省担当の高橋《たかはし》さん」

オフィスの全員がテレビを観ており、「何だって?」「どうしてだよ?」などと怒号とも悲鳴ともつかない声が上がった。

テレビ画面には、挨拶する高木社長と大岳絵以子や、契約書に署名する地権者たちの映像が映し出された後、沢口環境相のぶら下がり会見の模様に切り替わった。そこで沢口美鳥は「リゾート開発により天然記念物のカラスバトや絶滅危惧種キンランの生態系が破壊される恐れがある」と言い出したのだ。

今回のリゾート開発計画は、すでに自治体の環境アセスメントを受けて正式に認可されているのだから、沢口美鳥の発言はイチャモンの類いに過ぎない。だが、元女優で知名度が高い上、ときの九條義晴《くじょうよしはる》総理大臣のチルドレンとして最年少で環境大臣に抜擢され、世間の注目を集めている人物だけに、放ってはおけない。

すぐさま高木不動産の調査部が総力を挙げて、沢口美鳥の過去と私生活の洗い出しが始まった。すると、十日とたたずして、沢口美鳥は政治家としてはあまりに脇が甘いというか、突っ込みどころ満載だと分かった。

沢口美鳥は高校生のとき、芸能プロダクションにスカウトされて清純派女優としてデビューした。理知的な顔立ちとスレンダーなスタイルで十年ほどはそこそここ人気があったが、アラサーの声を聞くとともに表舞台から遠のいていった。ところが、三十歳になった年に政権党のイベントに呼ばれた際、当時幹事長だった九條義晴に見初められ、九條内閣が誕生した翌年の総選挙に初出馬して初当選。四十二歳の現在は四期目で、環境大臣として初入閣した。

女優時代は数多くの芸能人との交際が噂され恋多き女と言われ、政界入りした当初から首相官邸では『総理の愛人』として知られていた。九條総理は就任以来ずっと、平日は総理公邸で暮らし、週末に夫人が住む地元の横浜の私邸に戻るという生活を続けているが、アラフォーになってから性欲が増した沢口美鳥が三日に上げず総理公邸を訪れるようになり、手を焼いた九條総理が別れるために、手切れ金代わりに環境大臣のポストを与えたという。

そして、夜の沢口美鳥を尾行したところ、お忍びで六本木のホストクラブに通っていることが分かった。そのホストクラブが入っているビルは、高木不動産が管理する物件だった。

高木不動産のビル管理部門が調べたところ、この店は風営法に違反して営業しており、今回は警察に黙っておくという約束で、店長から沢口美鳥の情報を聞き出した。それによると、沢口美鳥は一人のホストに入れあげており、そのホストはアナルセックス・マニアで、これまでに何人もの女優やモデル、女性実業家やセレブ夫人たちをアナルセックス漬けにしてきたことで有名だった。店ではそうした女たちを『アナラー』という符丁《ふちょう》で呼んでいたが、沢口美鳥もそんな『アナラー』の一人だった。

アナルセックスと聞いた途端、美和さんは別室に僕を呼んで命令した。

「沢口大臣がアナルセックス好きなら、話が早いわ。岡崎くん、あなた、ホストになりなさい。これは業務命令よ」

「ええっ？　僕が……ホ、ホストですか？」

上司である美和さんの命令でも、できることとできないことがある。

「私が店と話をつけるから大丈夫。あなたは、私が沢口美鳥を連れて行ったときだけ、席につけばいいのよ」

まず、美和さんが沢口美鳥に面会して伊豆大之島リゾート開発について説明し、その後、やはり高木不動産が管理する銀座のビルにあるホストクラブに沢口美鳥を招待する。表向きの名目は、伊豆大之島の絶滅危惧種に関する意見交換だ。

そして、美和さんが沢口美鳥をそのホストクラブのVIPルームに連れ込んだら、そこにホストになりすました僕が登場して、美和さんと二人がかりで沢口美鳥を籠絡《ろうらく》するという作戦だ。

現役の国会議員、しかも現職の大臣の肛門の窄まりをいただくなんて恐れ多いと思ったが、有権者の歓心を買うために環境保護を口実にイチャモンをつけてきた方が悪いのだ。ここは、やるしかない。

二日後の夜、ホストクラブの控え室で待機していると、店長が呼びに来た。二十畳ほどの広さの部屋に、二十人は楽に座ることができるソファーが置かれたVIPルームに入ると、そこにはすでに美和さんと沢口美鳥が奥の席に着いていた。

沢口美鳥はスレンダーな体つきで、ストレートのミドルヘアが清純派女優の面影を残す瓜実顔《うりざね》を縁取る。切れ長の目や細く高い鼻梁、薄い唇が理知的な印象を与える。この清楚な印象の美熟女が、あまりに性欲が強いことが原因で総理大臣から捨てられ、ホストとのアナルセックスに溺れているなんて、にわかには信じがたい。

だが、テーブルを回っていき、下半身が見えると、印象が変わった。

美和さんはライトブルー、沢口美鳥はピンクのタイトミニのスカートスーツを着ており、どちらも太ももの付け根近くまで露わにしている。美和さんと比べると、沢口美鳥の太ももはスラリとしていて、両の太ももの付け根とスカートの裾が作る三角形の隙間の奥に黒いパンティーの股布が見えている。美和さんと同様にパンティーストッキングは履いていない。男の劣情をそそるための生脚の媚態《びたい》だ。

その二人を五人のホストたちが取り囲んでいる。何本かのシャンパンのボトルの栓が威勢よく抜かれ、ホストの一人がピラミッド型に積み上げられた天辺《てっぺん》のグラスに注ぐ。シャンパンが上の段のグラスから下の段のグラスに流れ落ちていく仕組みだ。グラスに残る量よりこぼれる量の方が多い。何ともったいない飲み方をするのかと思ったが、沢口美鳥は大はしゃぎだ。

乾杯が終わると、金髪に染めたホストたちはグラスのシャンパンを一口で飲み干し、勝手に手酌でお代わりしている。何という下品なやつらだ。

沢口美鳥が一杯目を飲み干したところで、美和さんが少し離れた席に座る僕に声をかけてきた。

「あなた、そんなところでしょぼくれていないで、ここにきてお座りなさい」

美和さんと沢口美鳥の間にスペースを作ってポンポンと叩いた。ほかのホストから一斉にブーイングが起きたが、沢口美鳥の向こう隣に座っているホストが皆を制した。店長から言い含められているこの店のナンバーワンホストで、沢口美鳥は一目でこのホストを気に入ったようだ。

左からは嗅ぎ慣れた淫臭とともに美和さんが太ももをグイグイと押しつけてきて、右隣の沢口美鳥からは香水に混じって生臭い牝臭が漂ってくる。これが元女優で現職の大臣の淫臭かと思うと、手も触れていないのに、ペニスがムクムクと勃起してきた。

と、そのとき、VIPルームのドアがノックされ、店長が入ってきた。

「藤堂様、申し訳ありません。みんなをちょっとお借りします。みんな、こっちへきてくれ。岡崎は残ってお二人のお相手をしろ。お二人ともVIP中のVIPだから、くれぐれも粗相のないようにな」

好みのホストをほかの客に取られたと思った沢口美鳥は不機嫌になり、シャンパンをあおるように飲んでグラスを重ね、見る見る酔っ払っていく。

「ところで、藤堂さん、今夜はどうして私をホストクラブなんかに？」

「沢口先生のような著名な政治家で独身だと、あちらの処理に困っておられるのではないかと思いまして。私も独身ですから、よく分かりますわ」

「あちらの処理って、性欲の処理ってこと？」

沢口美鳥は僕が注いだシャンパンをまた一息で飲み干した。

「ええ、そうですわ。私、大抵はディルドで済ませますけど、ときにはやはり生身の男性のが欲しくなりますの。そんなときは、この手のお店にきて、適当に見《み》繕《つくろ》ってお持ち帰りするんです」

「そう、お互いに大変よね」

そのときだった。美和さんが突然、大声を上げて僕の股間を指差した。

「まあ、あなた、ズボンの前をこんなに膨らませて、客の私たちに失礼じゃないのっ！」

「す、すみません。性欲の処理とかディルドとか聞いてるうちに……自然とこうなっちゃったんです」

「ということは、あなた、私たちがディルドでオナニーしているところを想像してたってわけねっ！　いやらしいわ」

沢口美鳥もつられて視線を落とし、悲鳴を上げた。

「な、何なの、これ？　まさか……あなたのオチ×チンなの？」

「いえ、ち、違いますっ！」

とっさにそう答えると、美和さんが意地悪そうにニヤリと笑う。

「これがあなたの勃起チ×ポじゃないなら、出して見せてよ」

「い、いいえ、それはっ！」

「何よっ！　ホストのくせに客に逆らうつもり？」

こういうときの美和さんは、演技だと分かっていても恐ろしい。美和さんは僕のスラックスのファスナーを下ろして手を突っ込むと、睾丸ごと勃起ペニスを引きずり出した。

「やっぱり勃起チ×ポだわっ！　こんな無礼なチ×ポ、こうしてやるわっ！」

美和さんは言うが早いか、パンパンに膨らんだ亀頭に唇を被せ、そのまま一気に根元まで呑み込んでしまった。

「お、お客様、な、な、何てことをっ！」

「藤堂さん、何をなさってるの？」

かなり酔いが回ってきた沢口美鳥も、さすがに驚いている。美和さんは勃起ペニスを吐き出し、代わりに激しい手コキを見舞ってくる。

「何って……このホストの勃起ペニスからいやらしい精液を吸い取って、懲《こ》らしめてやるんです」

「せ、精液を吸い取るって……フェラチオで？」

「さあ、沢口先生も手伝ってくださいっ！」

「で、でも、こんなに大きなチ×ポ、初めてだから、お口に入るかしら？」

がぶ飲みしたシャンパンの酔いと美和さんの剣幕に押され、沢口美鳥もその気になっている。美和さんが沢口美鳥の手を取って僕の勃起ペニスを握らせると、催眠術にでもかかったように上体を倒し、美和さんの唾液にまみれた亀頭に唇を被せる。そして、思い切ったように一気に呑み込んだものの、すぐに吐き出してしまった。

「ゲホッ、ゲホッ、ゲホッ！　こ、こんなに大きなチ×ポ、呑み込むなんて無理だわっ！」

「じゃあ、やっぱり私が懲らしめてやるわっ！」

美和さんは沢口美鳥の手から勃起ペニスを奪うと、大きく頭を上下させ、ジュボッ、ジュボッと音がするほど激しく吸いたてる。

「と、藤堂様、気持ちいいですっ！　ありがとうございます」

「気持ちいいなんて……これじゃあ、お仕置きにならないわね。仕方ない、私のお尻の穴で悪い精液を搾り取ってやるわっ！」

沢口美鳥は事態の無茶苦茶すぎる展開に圧倒され、美和さんが腰を浮かせてスカートの裾をまくり上げ、パンティーを引き下ろすのを呆然と見ている。

銀座のホストクラブのＶＩＰルームで、美熟女キャリアウーマンがホストの勃起ペニスにフェラチオしただけでは飽き足らず、搗《つ》きたての餅のような尻山を剥き出しにして、勃起ペニスを尻穴に挿入しようというのだ。

まともな理性があれば制止するはずだが、アナルセックスマニアのホストによって尻穴を開発されている沢口美鳥は、ただ腰をもぞもぞさせて見入っている。股間から立ち昇らせている発情臭もきつくなった。

その様子を見て、美和さんがもう一芝居打つ。

「あら、私としたことが、沢口先生を差し置いて……失礼しました。よろしければ、この勃起チ×ポ、沢口様のお尻の穴で懲らしめていただけますか？」

「お、お尻の穴で……懲らしめる？」

「そうです。こんなホストを懲らしめるのに、オマ×コを使うなんてもったいない。お尻の穴で十分ですわ」

美和さんは勃起ペニスを両手でこれ見よがしにしごき、自分の唾液と亀頭からにじみ出た先走り汁を全体に満遍なく塗り込めている。沢口美鳥は美和さんの卑猥な手の動きから目を離すことができない。いきなりアナルセックスの話題になったことを不自然に思う理性を失っている。

「そ、それはそうだけど……私がお先にいただいても、いいの？」

「ええ、どうぞ。それに、国民を間違った道から救い出すのも、政治家の役目ですから。是非ともお願いします」

ますます無茶苦茶な論理だが、今の沢口美鳥には、その方がより効果があるらしい。

「そ、そうよね。私、国会議員で大臣だもの……仕方ないわ」

ふらふらと立ち上がり、僕に背中を向けてタイトミニのスカートの裾を、果物の皮を剥くようにまくり上げる。黒いTバックパンティーの股布を狭間に食い込ませた尻山が、プルンと現れた。腰の左右の張り出しはそれほど大きくはないが、エクササイズでもしているのか、尻山の盛り上がりはツンと上を向いている。きつい牝臭と湿り気を帯びた空気が立ち昇り、僕を包み込む。

美和さんが沢口美鳥のパンティーの股布を脇へよけ、指先で肛門の窄まりに軽く触れると、沢口美鳥は「ひっ！」と短い悲鳴を上げた。

「沢口先生、窄まりはもう蜜液やら何やらでぬめっているから、ローションは必要ありませんね」

美和さんはそのまま勃起ペニスの根元をつかみ、沢口美鳥の肛門の窄まりに照準を合わせる。上半身は高級ブランドのジャケットと純白の絹のブラウスを一部の隙もなく着こなし、下半身を剥き出しにした美熟女大臣の腰骨に両手を添える。

背面座位でつながるのだ。

「さあ、沢口先生、そのまま腰を下ろしてください」

ぬめりを帯びた肛門の窄まりが亀頭に触れると、沢口美鳥は腰を小さく回して双方を馴染ませる。窄まりがヒクついたのは、これから侵入してこようとしている物の大きさに改めて驚いたからだろう。

「こ、こんなに大きなオチ×チンが本当に……お、お尻の穴に入るの？」

肛門の窄まりで亀頭の大きさを測ることができるとは、アナルセックスに精通している証拠だ。ならば、遠慮はいらない。

両手で沢口美鳥の腰を引き寄せると、亀頭はさしたる抵抗も受けず、肛門の窄まりに沈んだ。

「あああああんっ！　いきなりだなんてっ！」

さらに腰を引き寄せると、沢口美鳥の肛門括約筋は、勃起ペニスの太さを確かめるように肉茎をしごきながら受け入れていく。

「す、すごいわっ！　何なの、これっ！」

沢口美鳥の全体重が乗った尻山が僕の下腹に密着し、勃起ペニスはついに根元まで埋まった。

「お、お尻の穴をこんなに広げられたのも……こ、こんなに奥まで入れられたのも……は、初めてだわっ！」

僕は改めて沢口美鳥のウエストを両手でつかみ、尻山を大きくグラインドさせる。勃起ペニスで排泄器官をシェイクするイメージだ。

肛門括約筋の締めつけはまあまあだが、直腸粘膜はゆるいと分かった。美和さんや大岳絵以子たちと比べて、亀頭への刺激はちょっと物足りない。

だが、沢口美鳥は、僕の勃起ペニスを気に入ってくれたようだ。

「あなた、お、岡崎くんとか言ったわね。私、こんなにすごいアナルセックスしたの、初めてよ。気持ちよすぎて、すぐにイッちゃいそうよ」

沢口美鳥は後ろを振り向き、蕩けきった表情を見せる。何のためのアナルセックスかをすっかり忘れているのだ。

「あの、お客様。ほめていただくのはうれしいんですが、これって、本当は精液を搾り取って僕を懲らしめるためなんですよね？」

「そ、そうだけど……だから、何だって言うの？」

「だったら、懲らしめている方が、懲らしめられている者より先にイクのはまずいんじゃないですか？」

「そ、それはそうだけど……だって、あなたのチ×ポ、気持ちよすぎて、我慢できそうにないんだもだもの」

「みわ……いや、藤堂様、こちらのお客様をこのままイカせて差し上げてもよろしいでしょうか」

「沢口先生が我慢できないとおっしゃるなら、仕方ないわね。でも、これはあなたを懲らしめるためのアナルセックスなんだから、沢口先生をイカせる前にあなたがイッちゃ駄目よ。私がいいって言うまで、サービスして差し上げるのよ。分かった？」

「は、はい。分かりました」

「と、藤堂さん、ありがとう……さあ、早くイカせてちょうだいっ！」

最初とは話が逆になっているけど、沢口美鳥はそれに気づいていないし、僕としても思い切り責めることができるのはありがたい。

背面座位だと、深くつながるにはいいが、大きなストロークで責めるには都合が悪い。

「お客様、責めやすいように、立ち上がりますよ」

沢口美鳥とつながったまま立ち上がると、沢口美鳥は上体の前傾を深くし、目の前のテーブルに両手を突く。二人がつながった部分が見えた。

沢口美鳥の肛門の窄まりは目いっぱい広がり、黒いリングとなって勃起ペニスの根元を食い締めている。両手でガッチリと沢口美鳥の腰骨を固定し、勃起ペニスをゆっくりと引き抜いていく。現れた肉茎は、ベットリと沢口美鳥の直腸粘液にまみれている。これなら滑りもよさそうだ。

「おおおおおっ！　お尻の穴がこすれてるっ！　な、内臓まで引きずり出されそうだわっ！」

亀頭のエラが肛門括約筋に引っかかるところまで引き抜くと、肛門括約筋の内側に没していた黒い窄まりが姿を表した。その窄まりを直腸の内側に押し込むように、勃起ペニスの根元まで挿入する。

「あうううっ！　こ、今度は身体の中が、太い杭《くい》で……く、串刺しにされてるみたいよっ！」

ストロークの幅を最大限に保ったまま、抜き挿しのスピードを徐々に上げていくと、喘ぎ声の音程が急激に高くなっていく。本人が言った通り、すぐにもイッてしまいそうだ。

「あああんっ！　す、すごいわっ！　もう少しでイキそうっ！」

と、そのとき、美和さんが僕の腰の動きを手で制し、沢口美鳥の耳元で話しかける。

「沢口先生、イカせてあげる前に一つ確かめたいことがあるんです」

「な、何よ、こんなときに？　もうすぐイクところよっ！」

絶頂への最後の階段を登りかけたところを邪魔された沢口美鳥がヒステリックに叫んだ。だが、美和さんは、部屋の隅に追い詰めた鼠《ねずみ》をいたぶる猫のような笑みを浮かべて問いかける。

「沢口先生はなぜ、伊豆大之島リゾートに反対なのかしら？」

「そ、それは……ぜ、絶滅危惧種の……」

「でも、自治体の環境アセスメントでも問題はないとされ、正式の認可も受けていますのよ。それなのに、どうしてちゃぶ台返しみたいなことを？」

美和さんは右手を沢口美鳥の下腹に潜り込ませた。

「おおおおっ！　こ、こんなときにクリトリスをいじるなんてっ！」

「気持ちよくなりたいんでしょ？　記者会見での発言を撤回するって約束してくれれば、お尻の穴とクリトリスの両方でイカせてさしあげますわ」

沢口美鳥は肛門の窄まりを責められ、絶頂への八合目辺りで突然ストップをかけられた。そこにクリトリス嬲りが加わって九合目に達したが、今度はそこで足止めだ。絶頂への渇望は限界まで高まっている。

「お願いよっ！　イカせてっ！　このままじゃ、気が狂ってしまうわっ！」

「どうすればイカせてもらえるか、お分かりでしょ。意地を張り通すのなら、岡崎くんのデカマラ、あなたの窄まりから引き抜いて、私のに入れさせますわよ。それもでいいのかしら？」

事ここに至って、沢口美鳥はようやく今夜の真相に気づいたようだ。

「あなたたち、グルねっ！　グルになって私をハメたのねっ！」

「ハメたなんて、人聞きが悪いわ。まあ、沢口先生のお尻の穴にうちの岡崎のデカマラがハマってるのは確かですけど……。さあ、どうなさいますか？」

美和さんは自分のスマホを沢口美鳥に見せた。ボイスレコーダーで録音中の表示が出ている。沢口美鳥は欲情に曇った目でそれを確認し、観念した。最初から録音されていたとすれば、ここでいくら強情を張っても無駄だと悟り、この場で快楽に身を任せる覚悟をしたのだ。

「わ、分かったわ。発言は間違いだったと言って、明日にも撤回するわ。だから、お、お願い。イカせてちょうだいっ！」

「いいわ。岡崎くん、一緒に沢口先生をイカせてあげましょ」

美和さんは沢口美鳥の股間に忍ばせた右手を動かしながら、左手でおしぼり五枚ほどまとめて取った。勃起ペニスのストロークのギアを最速に上げると、僕の下腹と沢口美鳥の尻山が激しくぶつかり、パンッ、パンッ、パンッと乾いた音を立てる。

「あああんっ！　す、すごいわ。クリトリスとお尻の穴を同時に責められるのが……こ、こんなに気持ちいいなんて。もう駄目っ！　美鳥、イクッ！　イクッ！　イクッ！」

沢口美鳥が美和さんの指と僕の勃起ペニスに屈した瞬間だった。沢口美鳥が喜悦の表情を浮かべて天を仰ぐと、美和さんは左手に持ったおしぼりを沢口美鳥の膣穴にあてた。

膣穴から激しい勢いでイキ潮が噴き出す振動が、尻穴に挿入した勃起ペニスにも伝わってきた。ミッションが達成されたことを確認した僕は、元女優で現職の環境大臣、沢口美鳥の直腸にありったけの精液をしぶかせた。

だが、沢口美鳥もしたたかな政治家だ。転んでもただでは起きない。イキ潮アナル絶頂の余韻が消え、衣服も元通りに整えた沢口美鳥は、絶叫して枯れた喉をシャンパンで潤すと、政治家の顔に戻ってこう言ったのだ。

「高木不動産はこれから各地でリゾート開発に乗り出すのよね。環境省の役人たちにいちいち口出しされたくなかったら、週に一度、この岡崎くんを私の自宅まで進捗状況の報告に寄こしなさい。毎週よ。いいわね」

「そうさせていただきますわ、沢口先生。岡崎くん、毎週しっかりとご報告してさせ上げるのよ。分かったわね」

また一人、週イチの相手が増えることになったが、僕に断るという選択肢はない。しかし、沢口美鳥は目先の快楽に対しても貪欲で、さらに追い討ちをかけてきた。総理大臣も逃げ出したくなるはずだ。

「それと、もう一つ……この岡崎くんを今夜、お持ち帰りさせてもらうわ。こっちもいいでしょ？」

「もちろんです、沢口先生。存分になさってくださってくださってください」

美和さんは顔色一つ変えず答えた。美和さんといい、沢口美鳥といい、女の恐ろしさをまざまざと見せつけられた夜だった。

沢口美鳥は僕を白金の自宅マンションに連れ込み、朝までに肛門の窄まりと膣穴で一回ずつ精液を搾り取り、その都度自らもイキ潮を噴いた。

翌日の昼のニュースで、沢口美鳥が閣議後の記者会見で「高木不動産による伊豆大之島リゾート開発について、あらゆる角度から検討した結果、問題はないと判断した」と発言したと伝えた。画面にアップで映し出された沢口美鳥の表情には荒淫《こういん》の疲れがありありと見て取れ、目の周りには濃い隈《くま》が浮かんでいる。美熟女代議士としては名折れだが、自業自得というほかない。

エピローグ　リゾート島は美熟女たちの美肛が満開

「私が融資を承認しなければ計画は頓挫《とんざ》してたわ。だから、岡崎くんのオチ×チンを最初にいただくのは私よ」と青葉トラスト銀行の伊沢与志子が言えば、「いくら融資があっても、私が土地を売らなければできなかったわ」と伊豆大之島の大地主の大岳絵以子が反論する。

「最初に岡崎くんとお姉さまに情報を教えたのは私よ」と高木不動産副社長夫人の亜紀子が訴えれば、「最終的にGOサインを出したのは私だわ」と環境大臣二期目の沢口美鳥が主張する。

四人の美熟女が、今夜の僕の一番槍《やり》を肛門の窄まりに受けるのは誰かという争いをしているのだ。子供が玩具を奪い合っているようでもあるが、そのあまりの迫力に圧倒され、思わず逃げ出したくなる。

着工から三年がたち、ホテルとコンドミニアム、カジノ、ゴルフ場などからなる「伊豆大之島ＴＡＫＡＧＩリゾート」がついに完成した。美和さんは取締役リゾート開発推進本部長兼伊豆大之島ＴＡＫＡＧＩリゾート総支配人に、僕は副総支配人に就任した。

この間、美和さんの秘書役としてリゾート開発に携わる一方、美和さんが熟女たちと交わした取り決めを忠実に守り、四人の美熟女に週に一回ずつ会い、そのたびに何度もイキ潮を噴かせてきた。ほかの日は美和さんの相手をしてきたので、思えば、勃起ペニスが乾く暇がない三年間だった。

そして、ゴールデンウィークを一週間後に控えた今夜、亜紀子夫人は副社長の代理として、ほかの三人の美熟女はリゾート開発成功の功労者として、明日行われるグランドオープンの祝賀セレモニーに招かれ、それぞれが開業前夜のリゾートホテルのスイートルームに泊まっているのだ。だが、誰一人として自室に留まってはいなかった。

明日の準備をすべて終え、夜九時にコンドミニアムの一戸をあてられた副総支配人宿舎に戻ると、悩ましい下着姿で待ち構えていた四人の美熟女が、われ先に僕の衣服を剥ぎ取り、あっという間に素っ裸にされてしまった。そして、一番槍の争奪戦が始まったのだ。

その声は、隣の総支配人宿舎にも届き、聞きつけた美和さんまでイキ潮を噴く気満々で大量のバスタオルを持ってやって来た。

僕はこの三カ月、伊豆大之島で高木不動産が借り上げた民宿に泊まり込み、グランドオープンに向けて最後の仕上げにあたってきた。

美和さんも週に一度は現場視察に来島し、そのたびに宿泊先の温泉ホテルで一夜をともにした。また、僕は休みの前夜には大岳絵以子の家に泊まり、手料理やトルネード・アヌスを堪能した。だが、ほかの三人はずっと会っていなかった。

そのため、美和さんと大岳絵以子は一番槍争奪戦から真っ先にはずされたばかりか、僕としてはありがたいことに、参加資格さえも否定された。

結局、僕と知り合った順番で結着し、まずは亜紀子夫人の黒光りする窄まりをベッドでいただくことになった。すると、仲間はずれにされた美和さんと大岳絵以子、順番待ちの伊沢与志子と沢口美鳥がペアになり、ソファーで二組のレズプレーが始まった。

小柄ながらレズ経験が豊富な美和さんが、大柄で十歳も年上の大岳絵以子の乳首を舐めたり甘噛みしながら、三本指で膣穴をかき混ぜる。その隣では銀行頭取の愛人だった伊沢与志子が、総理大臣の愛人だった沢口美鳥にクンニリングスを見舞っている。ちなみに、二人ともかつてのパトロンとは別れ、セックスをする相手は僕だけだ。これは自慢ではあるが、悩みの種でもある。

美熟女三人を相手の饗宴は深夜まで続き、翌朝六時に美和さんが日課の朝フェラをしてくれた際は、さすがに大量吐精とはいかなかった。

雲一つない好天に恵まれたこの日、祝賀セレモニー第一部の修祓式《しゅうばつしき》は午前九時から、特設の大テントで高木耕太郎社長をはじめ会社及び工事関係者約三十人が参加し、伊豆大之島で最古の神社の宮司《ぐうじ》によって執り行われた。

その後、ホテルの大宴会場で、報道関係者約三十人や地元の商工会幹部ら招待客が参加する落成式が開かれ、トレードマークとも言えるタイトミニのスカートスーツ姿の総支配人の美和さんの開式宣言を行った。傍らに立つ副総支配人の僕にも、美和さんの高揚感が伝わってくる。

主催者の高木社長、来賓《らいひん》の伊豆大之島町長の挨拶が終わり、テープカットになると、それまで居眠りをする出席者が目立った会場が俄然ざわつき、報道陣のカメラのフラッシュやライトで目がくらむほどの明るさとなった。

テープにハサミを入れるのは、高木社長のほかには、メインバンクの青葉トラスト銀行取締役の伊沢与志子、環境大臣の沢口美鳥、島きっての名家の女当主の大岳絵以子、そして日本を代表するセレブ妻の亜紀子夫人の四人だ。

参加者がざわついたのは、四人がいずれ劣らぬ美熟女であることに加え、四人が四人とも超ミニスカートの裾からパンストなしの生脚を露わにしているからだ。それは、身体にピッタリと貼りつくタイトなゴルフウェアで、優美でエロい媚肉の曲線をクッキリと浮かびあがらせている。

付け根まで剥き出しの八本の生太ももは、太さが逞しいものからほっそりしたものまで様々なら、肌の色も雪のように白いものから浅黒いものまで様々に揃っている。まるで美熟女の生太ももの品評会のようだ。

それぞれに気品を感じさせる美貌と、艶めかしく光彩を放つ生太もものエロさ。そのギャップが、見る者の劣情をかき立てずにはおかない。全員の膣穴や肛門の窄まりの奥まで知り尽くしているこの僕も、ペニスに血液が流入するのを止めることができない。

参加者や報道陣の反応を見た美和さんが「これで夕方と夜のテレビニュースはいただきだわ」とつぶやくのが聞こえた。

このプロジェクトを発表する記者会見では、美和さんが生太ももも露わな姿で登場し、テレビの報道番組で大きく取り上げられた。今日のグランドオープンも、美和さんが言った通り、この四人の生太もものおかげで大々的に紹介されるだろう。やはり、美熟女の生太ももの宣伝効果は絶大なのだ。

テープカットの後、四人はカメラマンたちを従えてゴルフコースに向かった。一番ホールのティーイングエリアで、大学時代ゴルフ部だった伊沢与志子による始球式が行われるのだ。

伊沢与志子が両脚を肩幅より少し広く開き、上体を軽く前傾させただけで、超ミニスカートの裾からピチピチのアンダースコートに包まれた尻山が姿を現し、カメラマンたちのフラッシュが一斉に焚《た》かれる。

見事なスイングから打ち出されたボールは、高い弾道を描いてフェアウェーの真ん中に落ちた。だが、どのカメラもボールの行方を追わず、タイトなスカートの裾がまくれ上がって露わになった伊沢与志子の尻山を撮り続ける。

後に続いた三人の美熟女も、普段は絶対に他人には見せない尻山を、カメラの放列に向かって惜しげもなく晒した。こちらはゴルフ番組やゴルフ雑誌で取り上げられれば、やはり素晴らしい宣伝効果を発揮するだけでなく、熟女フェチや尻フェチたちの間で垂涎《すいぜん》のお宝となるに違いない。

カートに乗ってコースに出る四人を見送り、ホテルに戻ると、美和さんからスマホに着信があり、総支配人室に呼ばれた。高木社長をはじめお歴々はレストランで報道陣に囲まれ、水割りやビールのグラスを片手に談笑している。しばらくは放っておいても大丈夫だろう。

「今日はお疲れさまでした。ドアに鍵をかけて、こっちに来て」

美和さんは僕を窓辺に立たせると、足元にひざまずき、スラックスとトランクスをまとめて引き剥がした。四人の美熟女の生太ももとピチピチの尻山に刺激され、勃起したままのペニスが飛び出した。

「い、いきなり……どうしたんですか？」

「朝はあまり元気がなかったけど、あの人たちの太ももを見て元気になったのね。手間が省けて、ちょうどいいわ」

美和さんは、リゾート全体を見渡すことができる窓の強化ガラスに両手を突き、僕に向かって尻を突き出す。

尻山に貼りつくタイトミニのスカートをまくると、あらかじめパンティーを脱いでいた尻山の狭間でぬめりを帯びた肛門の窄まりと、蜜液をしたたらせる小陰唇が見えた。

「お願い、あなたのデカマラをちょうだい。最初はオマ×コに」

僕は美和さんから不穏な気配を感じながらも、言われた通りに、まずは勃起ペニスを膣穴に挿入した。すると、美和さんは珍しく、それだけで軽い絶頂に達した。

「今度はお尻の穴に……お願いよ」

なぜか神妙なその声を聞いたそのとき、僕は嫌な予感に襲われた。そして同時に、まるで天啓《てんけい》に打たれたように、目の前にあるのがただの尻穴ではないことを悟った。目の前にあるのは、この四年間、僕を励まし癒してくれた、かけがえのない宝物である『美肛』だ。今はゴルフに興じている四人の美熟女たちの窄まりも同様に、僕にとって大切な『美肛』と言える。

僕は美和さんの『美肛』に無言で勃起ペニスを挿入した。およそ十五分にわたって肛門括約筋の締めつけと直腸粘膜の絞り上げを堪能し、その感触を勃起ペニスと記憶に刻みつけた。

僕が直腸の奥に長い射精をする間、美和さんは絶叫とともに大量のイキ潮を噴き、真新しいカーペットに大きな染みを作った。

イキ潮アナル絶頂の余韻が去り、服装を整えた美和さんは、有能なキャリアウーマンの顔に戻り、事務的な口調でこう告げた。

「私は午後の高速船で東京に戻り、その足で羽田《はねだ》から沖縄に飛びます。近々発表される予定だけど、沖縄で一つの村を丸ごと再開発する計画があるの」

「ええっ？　僕は連れて行ってくれないんですか？」

「あなたには事実上の総支配人として、このリゾートとあの四人の面倒を見てもらわなきゃならないわ」

「そ、そんなあ……」

「そんなに悲しそうな顔をしないの。あなたのオチ×チンが欲しくなったら、私の方からここに会いに来るわ。何しろ、私は依然としてここの総支配人でもあるわけだしね。それに、もしも将来、仕事であなたの絶倫デカマラが必要になったら、そのときは沖縄に駆けつけてきてね」

以前にもどこかで聞いたことがある頼られ方に憤慨《ふんがい》しつつも、美和さんと離れることに大いなる淋しさを感じることを禁じ得なかった。

案の定、嫌な予感は的中した。だけど、今はまた別の予感を覚えている。またすぐに美和さんと一緒に仕事をすることになるという確信にも似た予感だ。伊豆大之島よりもさらに南の楽園、沖縄で美和さんの『美肛』に再会する日を思い、再びペニスを勃起させながら総支配人室を後にした。

〈了〉

※この作品は「紅文庫」のために書下ろされました。

紅文庫

美《び》肛《こう》リゾート 後《うし》ろでイカセて

阿《あ》久《く》根《ね》道《どう》人《と》

2021年 11月 15日　第1刷発行

企画／松村由貴（大航海）
DTP／遠藤智子

編集人／田村耕士
発行人／日下部一成
発売元／株式会社ジーウォーク
〒153-0051 東京都目黒区上目黒 1-16-8 Yファームビル6F
電話 03-6452-3118
FAX 03-6452-3110

印刷製本／中央精版印刷株式会社

ISBN978-4-86717-239-1